나는 오늘
취업한다

나는 오늘 취업 한다

임형식·서상우 지음

취업 준비에 꼭 알아야할 핵심 특강 39

푸른영토

중국의 병법서인 '손자병법孫子兵法'에 지피지기백전백승知彼知己百戰百勝 즉, 상대를 알고 나를 알면 백전백승이라는 말이 있다.

나와 상대를 정확히 아는 것이 매우 중요하다. 상대를 설득하기 위해서 제일 우선시 되어야 하는 것은 먼저 나 자신을 이해하고 설득해야한다. 나 자신이 설득이 안 되면서 상대를 설득한다는 것은 불가능하다. 나 자신의 장점과 단점, 그리고 특이점을 정확하게 파악해야 한다.

그다음으로는 상대를 연구 분석하고 공부하고 연습하는 과정을 통해서 가능하다. 즉, 목표하는 회사에 취업하기 위해서는 목표로 하는 회사와 원하는 부서에 대한 정보를 파악하여 준비하는 것이 무엇보다도 중요하다. 준비하는 것은 상대를 연구하고 분석하여 대안을 찾도록 지속적으로 연습과정을 말한다. 고인이 된 애플의 창업자 스티브 잡스는 5분 프레젠테이션하기 위해서 수십 시간을 연습했다고 한다. 나 역시 몇

해 전 회사 후배가 주례를 부탁하여 주례사 대본을 수십 번 교정한 후 집 근처 한강에서 7분에 맞도록 수십 번 연습했던 기억이 난다. 천재가 아닌 대다수 우리는 준비하고 연습하는 과정이 꼭 필요하다.

나는 수많은 인터뷰Interviewer 경험을 갖고 있다. 취업하기가 어렵다지만 회사에서도 원하는 인재를 찾기는 매우 어려운 것이 현실이다. 가장 큰 이유는 대부분 지원자가 모두 짠 것처럼 앵무새처럼 비슷한 말을 하기 때문이라고 한다.

틀리고 다르면 어떤가. 정답은 없다. 기업은 주로 다른 사람들과 다른 특장점을 가진 사람을 원한다. 왜냐하면 그 사람만이 할 수 있는 자질이 있어야 기업이 더 성장하고 발전할 수 있기 때문이다.

원하는 것을 성취하기 위해서는 구체적인 목표를 세우고 끊임없이 연구하고 연습하는 것이 방법 중 하나이다. 이 책이 여러분의 취업에 도움이 되는 다양한 연습방법이 있다. 이 책을 통해 자신만의 자질을 발견하여 취업에 성공할 수 있기를 바란다.

임형식

나는 다작의 책을 출간한 작가다. 고전, 소설 인문 등 다양한 장르의 책을 써왔다. 하지만 그중에서도 글쓰기, 책 쓰기 등 인문학을 메인으로 쓰는 작가다. 그러다 보니 집필하는 것 외에도 글쓰기에 관련된 강의와 수업을 하기도 하는데 글쓰기 수업을 신청하는 대상 중에는 취업준비생들이 유난히 많다.

그들이 글쓰기 수업을 들으려 하는 이유는 거의 동일하다. 바로 자기소개서, 이력서 등을 잘 쓰기 위함에 있다. 다시 말해 취업을 위해 글쓰기 수업을 들으려 한다는 것이다.

기회가 되어 그들과 이런저런 얘길 나누게 되었다. 그리고 그 과정에서 그들의 고충 또한 알게 되었다. 흙 수저의 비애와 스펙 쌓기로 매 시간, 매일, 매년을 보내온 시간들, 면접자리에서 겪은 충격적인 이야기들. 웃으며 얘기하는 그들에게서 고충과 씁쓸함을 충분히 느낄 수 있었다. 그리고 그들의 이야기에서 또 다른 한 가지를 더 깨달을 수 있었는데 그것은 대부분 취업준비생이 취업이란 목표 속에서 자신을 잃고 잊어가고 있음이었다. 자신이 하고 싶은 것과 자신이 할 수 있는 것, 자신이 해야 하는 것이 일치하는 취업준비생은 100명에 1명도 찾기 힘들었다.

나는 쉽사리 이해되지 않았다. 자신이 하고 싶은 것과는 상관없는 스펙 쌓기, 자신이 할 수 있는 것과는 다른 기업 선택, 자신이 해야 하는 것과는 다른 취업 준비에 아이러니했다. 그들과의 대화에서 나는 이것에 대해 질문을 했지만 대부분 이상과 현실의 차이라는 이유로 그 답을 채우려 했다.

하지만 그것만으로는 납득되지 않았다. 그리고 더 납득이 될 만한 답을 찾으려던 이 생각은 그들이 취업준비 과정에서 악순환적인 과정을 밟고 있다는 생각에 다다랐다. 어쩌면 이들이 중요한 것을 놓치고 있는 건 아닌지, 등 떠밀리듯이 시작된 취업을 향한 길에서 양쪽 시야를 가린 채 앞만 보고 있는 경주마가 된 건 아닌지 말이다.

이 책은 이런 생각에서부터 기획되었다. 취업준비생들이 좀 더 효율적이고, 효과적으로 취업을 준비했으면 하는 바람에서부터, 그리고 가능한 그 과정이 자신을 더 성장시키고, 자신을 더 알아갈 수 있는 시간이 되길 바라는 마음에서 말이다.

혼자서 취업에 관한 책을 준비하기란 쉽지 않았다. 취준생들의 자소서나 이력서는 많이 다뤄봤지만, 실제 기업의 인사담당자가 어떤 인재를 선호하는지에 대해서는 알지 못했기에 실제 면접관의 입장에서 어떤 기준으로 신입사원을 뽑는지를 알고 싶었다. 그래야 진실로 취준생들에게 필요한 책이 될 수 있을 것이란 생각 때문이었다.

그러던 중 최근까지 제약회사의 임원 자리에 계셨던 임형식 교수님을 만나게 되었다. 교수님은 실제 면접관을 해본 경력과 얼마 전까지 기업의 임원 입장에서 신입사원을 바라보는 시선을 갖고 계셨다. 게다가 나와 마찬가지로 요즘 취준생들의 고충과 어려움을 안타깝게 여기고 계셨다. 나는 함께 취업에 관한 책을 써보지 않겠느냐고 권했고 교수님은 선뜻 선의를 가지고 동참해주셨다.

교수님이 함께 해주신 덕분에 자소서나 이력서, 면접 등 취준생과 인사담당자의 서로 다른 시각 차이를 알 수 있었고, 이런 차이점들을 고스란히 책에 담을 수 있게 되었다. 그렇게 든든한 동반자와 함께 이 책은 내가 원했던 대로 취준생들에게 실질적인 도움이 될 수 있는 책으로 집필될 수 있게 되었다.

취업을 준비하는 시간은 불안하고 초조한 시간이 아니다. 자신을 더 알아가고, 더 성장시키는 자기분석의 시간이고, 자기계발의 시간이다. 어느 시간이든 그저 그런 헛된 시간 따위 존재하지 않는다. 취업을 준비하는 모든 이들이 회사의 일원이 되기 위해 애쓰고 있지만, 자신이 누구로도 대체할 수 없는 유일무이한 존재임을 반드시 기억해야 한다.

현재 그 시간에 살고 있는 이들이 자신을 돌아보고 자신을 더 알아가는 것에 이 책이 도움되길 바란다. 자신을 성장시키고 자신의 장점을 발견하는 것에 이 책이 초석이 될 수 있다면 그것 또한 글쓴이로서 더할 나위 없는 것이겠다.

이 책을 읽는 모든 이들이 자신이 원하는 결과를 얻기 바라며, 항상 꽃길만을 걸어가기를 진심으로 바란다.

CONTENTS

4 ·· 머리말

1장 자기 분석: 적성에 맞는 일 찾기

왜 취업을 하는가?　　　　　　　　　　　　　17

적성이란 무엇인가?　　　　　　　　　　　　21

내 성격 알기　　　　　　　　　　　　　　　26

에고그램Egogram 성격검사 · 27 ｜ 에고그램 해석 방법 · 32

나는 어느 분야에 취업하면 좋을까　　　　　　35

업무 적성 진단하기 · 36 ｜ 적성검사 판정 방법 · 46

기업은 어떤 사람을 뽑을까　　　　　　　　　50

취업, 이렇게 준비하라　　　　　　　　　　　54

2장 기업 분석: 기업이 정말로 원하는 인재

스펙, 그 불편한 진실   63
스펙 요건 · 64

스펙보다 경험   68
기업이 원하는 인재의 조건   73
인사담당자의 함정   80
블루오션 VS 레드오션   85

3장 성공 마인드: 긍정의 힘과 목표 설정

생각 뒤집기   93
기업이 원하는 셀프 리더십   98
셀프 리더십을 키우는 5가지 방법   101
목표 설정과 관리   105
'지금' 활용법   110
자문자답의 성장   115
무주의 맹시   121
반성과 해법   124

4장 글쓰기: 상대를 설득하는 글을 써라

자기소개서   129

자기소개서를 쓰는 4가지 방법   131 ｜ 자기소개서 작성할 때 유의할 점   134

제안서   140

제안서 작성법   142 ｜ 설득시키는 제안서   145

기획안   147

보고서   152

프레젠테이션   157

비즈니스 이메일   161

5장 면접: 나를 알리는 절호의 기회

점검 사항   167

면접의 종류   173

영어 면접   178

영어 면접 준비 사항   179

면접에서 자주 하는 질문   183

면접 스피치   190

면접 노하우   197

면접에서의 금지 행동   200

메라비언의 법칙   203

6장 에티켓: 인간관계의 시작

인간관계의 시작   205

좋은 첫인상을 남기는 법   207

직장에서의 인사법   212

직장에서의 에티켓   217

TPO에 맞는 복장   223

전화 응대   228

직장 내 성희롱   234

직장 내 성희롱 판단 기준 234 | 직장 내 성희롱 분류 238

242·· 부록

외국계 기업을 노려라 242 | 취업준비생이 꼭 읽어보아야 할 책 247

257·· 끝맺는 말

1장 자기 분석:
적성에 맞는 일 찾기

왜 취업을 하는가?

당신은 취업에 성공하기 위해, 취업에 도움이 되기를 바라며 이 책을 펼쳤을 것이다. 부족한 부분을 채우고, 남들보다 더 좋은 무기를 장착하기 위해서 말이다. 하지만 그것을 이야기하기에 앞서 짚고 넘어가야 할 부분이 있다. 지금 바로 당신에게 직설적으로 묻는다.

"당신은 왜 취업을 하려고 하는가?"

당신은 왜 취업을 하려고 하는가?

사회인으로 거듭나기 위해? 남들이 다 하니까? 돈을 벌기 위해? 아니면 딱히 할 게 없어서? 혹시 이 질문에 선뜻 대답하지 못하겠는가?

아마도 취업의 가장 근본적인 이유로는 생계를 위해서가 가장 많을 것이다. 그렇다면 질문을 다시 해보자.

"생계를 위해서가 아니라면 당신은 취업을 하겠는가?"

만약 이 질문에 "아니오"라고 답한다면 당신이 취업에 합격하기까지는 험난한 여정이 될 것이다. 불쾌한가? 반대로 한번 생각해보자. 당신의 생계를 위해 취업시켜 줄 기업이 있는가? 애착도 열정도 없고, 능력도 없는 사람을 단지 그 사람의 생계를 걱정해서 고용하는 기업이 있는가? 그런 자선단체volunteer 같은 기업이 있을까? 당신이 기업의 대표라면 그런 사람을 등용시킬 것인가?

대답은 "No!"다. 그런데도 왜 당신은 생계만 아니라면 취업하지 않겠다는 마음으로 취업을 준비하는가. 지원하는 회사에 대한 어떤 열망도 열정도 없이 그저 먹고 살기 위해 취업하려고 하면서 왜 나는 취직이 되지 않느냐고 불평, 불만을 해대느냐는 것이다.

그런 당신을 위한 기업은 어디에도 없다. 오직 기업은 준비된 인재만을 원한다. 그런데 생계를 위해 취업을 한다? 운이 좋아 취업이 되었다면 그저 감사히 여겨야 할 것이다.

첫 장에서부터 이런 독설로 시작하는 것은 취업난을 겪는 당신이 관점을 달리하길 바라서다. 오직 생계만을 위해, 혹은 다른 사람들도 다 한다는 이유로 떠밀리듯 취업하려 한다면 결코 원하는 성과를 얻기 힘들다. 좀 더 멀리, 넓게 바라보자. 취업이 당신 삶을 설계하는 한 과정임을 인지한다면 좀 더 구체적이고 신중하게, 그리고 지금보다 좀 더 긍정적이고 진중하게 바라볼 것이다.

갈수록 많은 사람이 취업난에 시달리고 있다. 하지만 정작 진정한 의미에서의 취업을 준비하는 사람들은 오히려 줄었다. 반면, 취업만을 위한 취업을 준비하는 사람들이 늘고 있다. 묻고 따지지도 않은 채 내기업에서 요구하는 스펙 쌓기에 몰두하거나, 필요하진 않지만 취업에 도움이 될까봐 따두는 자격증, 가산점이 되겠다는 생각에 무작정 가는 어학연수, 면접관에게 잘 보이려는 취업 성형까지…….

착각하지 마라. 취업은 자기 자신을 위한 것이다. 생계만이 아닌 자신의 삶, 꿈, 미래를 위한 선택이다.

지금까지 그저 취업만을 위한 준비를 해왔다면 지금부터 이 책과 함께 당신의 삶을 위한 취업을 준비해보자. 자신을 이해하고, 자신이 진정으로 하려는 일이 무엇인지 제대로 파악하여 그에 적합한 기업을 선별하고, 열정적이고 적극적으로 취업 준비를 하는 것이다. 그래야만 이 험난한 취업난에서도 기대 이상의 결과를 기대할 수 있으며, 취업하고 난 뒤에도 즐겁게 직장 생활을 해나갈 수 있다.

아무리 힘겨운 상황이라도 좋은 결과를 가져오는 사람은 언제나 있다. 그런 사람들을 보면 절대로 어쩔 수 없이 행하지 않는다. 언제나 어떤 상황에서도 희망을 발견하며, 열정적인 태도를 보인다.

심각한 취업난 속에서도 취업에 성공한 사람들의 이야기는 계속해서 나오고 있다. 이제 바로 당신이 그 주인공이 될 차례이다. 이 책에서 알려주는 모든 기술과 정보를 바탕으로 희망을 노래하자.

사과 하나에 들어 있는 씨를 세는 건 누구나 할 수 있지만, 하나의 씨에 몇 개의 사과가 들어 있는지를 말할 수 있는 사람은 아무도 없다. 하지만 이것만은 분명하다. 당신이란 사과 안에는 반드시 당신만의 가치라는 씨가 들어 있다. 그리고 그 씨에는 누구도 알 수 없는 무한한 가능성이 있다. 이제 당신의 씨를 확인할 시간이다. 누구도 대체하지 못할 유일무이한 인재인 당신을 보여주자. 당신을 알아봐주고 눈치챌 수 있도록 멋지게 포장해서 보여주는 것이다. 바로 지금부터 말이다!

적성이란 무엇인가?

　취업은 하루, 이틀 일할 곳을 찾는 게 아니다. 가능한 한 오랫동안 다닐 직장을 찾는 것이 일반적이다. 그래서 높은 연봉에 좋은 복지를 갖춘 안정적인 직장을 주로 찾는다.

　하지만 평생 직장을 찾으려면 무엇보다 '적성'에 맞는 일을 골라야 한다. 아무리 높은 연봉에 좋은 복지를 갖췄더라도 일 자체가 싫고, 출근조차 하기 싫은 일이라면 결코 직장 생활을 오래하지 못한다. 당신이 학문적인 분야를 좋아하는 성향의 사람인데 영업을 하라고 한다면 일 자체에 대한 자부심도, 성과도 좋지 못할 것이다. 혹은, 당신이 자동차를 너무 좋아해 자동차 판매 일은 굉장히 재미있게 잘할 수 있지만, 같은 영업이라도 보험 판매에서는 입을 떼는 것조차 어려워할 수도 있다.

　어떤 일이든 선택을 할 때는 자신의 적성을 제대로 알아야 자신에게 적합한 직업을 선택할 수 있다. 자신의 적성에 맞는 직업을 선택하면 업무 성과도 좋고, 오랫동안 즐겁게 일할 수 있다. 그야말로 평생 직장이 되는 것이다.

그렇다면 적성이란 무엇일까?

사전에는 '어떤 일에 알맞은 성질이나 적응 능력, 또는 그와 같은 소질이나 성격'이라고 나온다. 쉽게 말하면 개개인이 지닌 개성을 뜻하는데, 이는 개인마다 성장 배경, 외모, 가족관계 등에 따라 모두 다르다. 그렇기에 본인 개성에 따라 선호하는 직업, 직종이 다르며, 즐겁게 잘할 수 있는 영역도 달라진다.

단기간이 아닌 평생 다닐 직업을 선택하기 위해서는 자신의 적성을 제대로 파악해 그에 맞는 직장을 선택해야 한다. 그래야만 자신의 능력을 제대로 발휘하면서 일 자체를 즐길 수 있다.

적성은 대부분 자신의 성격으로 형성된다. 그래서 적성을 알기 위해서는 무엇보다 자신의 성격을 제대로 파악하는 것이 중요하다. 자신의 성격. 즉 자신의 장단점을 객관적으로 파악할 수 있다면 자신이 남들보다 뛰어난 부분에서는 자신감도 가질 수 있으며, 부족하다고 여기는 부분은 의식적으로 보완할 수도 있다. 혹은, 자신이 사회성이 부족하다고 생각하면 그것이 개인주의적인지 아니면 적극성이 없는 것인지 스스로 냉철하게 파악해볼 수도 있다.

앞에서 언급했듯 우리는 모두 각자 다른 성격, 개성을 지녔다. 또한 개인마다 기초 능력과 가능성도 차이가 있다. 자신의 적성을 파악할 때는 이러한 부분까지 생각해야 하는데, 적성의 특징은 크게 세 가지로 나뉜다.

첫 번째 · '선천적 기질'

| 선천적 기질은 태어나 자라온 환경에 따라 가지게 되는 성격, 말투, 신념이다. 이것은 사람들마다 살아온 환경이 다르기 때문에 각자 갖게 되는 개성이다.

두 번째 · '현재 상황'

| 현재 처한 상황은 사람마다 다르다. 현재 자신의 상황에 따라 같은 직업을 가지고도 누군가는 형편없는 곳이라 말하고, 누군가는 감지덕지라고 한다. 잔혹한 말이지만, 현재 각자 처해 있는 상황에 따라 달리 인식된다.

세 번째 · '미래 가능성'

| 적성은 절대적인 것이 아니라 변화무쌍하다. 현재의 적성은 보수적이지만 환경에 따라 진보적으로 바뀔 수도 있다. 이것은 아직 외부적으로 표출되지 않은 본인도 알지 못하는 잠재능력이다. 어릴 때부터 투수가 적성에 맞는 줄 알고 투수만 해왔지만 프로에 들어와 타자로 전향해 세계적인 타자가 된 경우를 우리는 종종 보았다. 이것이 바로 적성의 세 번째 특징이다.

이 세 가지 기준으로 자신의 적성을 파악할 수 있으며, 그 기준으로 어떤 직종에 자신이 적격한지 부적격한지 판단할 수 있다. 흔히 우리가 "너는 영업이 적격이야.", "넌 예술인의 기질이 있어."라고 말하듯이 말이다.

주변에 모든 사람이 취업 전선에 뛰어든다고 해서 준비도 되지 않은 상태로 무조건 취업 전선에 뛰어들지 말고, 우선 자신의 적성을 고려해 자신이 취업에 적합한지, 자영업에 적합한지도 생각해보아야 한다. (오해할까 봐 덧붙이자면 자신의 적성에 따라 취업과 자영업을 구분해야지 '나는 누구 밑에서 일할 성격이 못 돼' 라는 생각으로 자영업을 선택하는 거라면 다시 한번 제대로 자신의 적성을 점검해보길 바란다. 적성에 상관없이 누군가의 밑에서 일할 성격이기 때문에 취업하는 사람은 아무도 없으니 말이다.)

어떤 사람이 보험 영업을 시작하였다. 그는 언어능력이 뛰어났고 공감능력도 뛰어났다. 하지만 시간이 지나도 영업 실적은 올라갈 기미가 보이지 않았고, 결국 퇴사를 하고 말았다. 이와 같은 결과는 해당 업무에 필요한 잠재 능력은 충분했지만, 개인적이고 내향적인 그의 성향이 활동적이고 사교적이어야 하는 영업 일에는 맞지 않은 것이 원인이었다.

이처럼 적성이란 선천적인 능력, 현재의 능력에 맞물려 시너지 효과를 낼 미래의 잠재력까지 모두 적합해야 그 빛을 발한다. 단순히 사람들

만나는 것이 좋아서 영업을 선택하거나, 누군가에게 명령 듣는 게 싫어서 자영업을 선택하는 것이 아니라 이 모든 것을 고려해 선별하는 것이 필요하다.

취업은 필요악이 아니다. 내 삶의 행복을 위한 동반자여야 한다. 그렇기에 더욱 자신을 잘 알고, 자신과 잘 맞는 회사를 찾아내야 한다. 그것이 취업을 준비하는 첫걸음이다.

당신은 당신에 대해 얼마나 알고 있는가?

내 성격 알기

취업을 본격적으로 준비하기에 앞서 자신의 성격을 파악하는 일은 필수사항이다. 물론 이것은 성격이 좋고 나쁨을 판단하려는 것이 아니다. 그저 자신의 성격을 제대로 파악하여 성향에 맞는 회사를 선별하고, 그에 맞는 맞춤형 준비를 하기 위해서다.

우리는 모두 성격이 다르다. 사교성이 뛰어난 사람, 감성이 풍부한 사람, 어휘력이 좋은 사람 등 모두 각자의 성격에 따라 능력이 다르다. 자신이 지닌 개성을 충분히 발휘할 곳을 찾아야 하기에 우선 자신을 제대로 알아야만 한다.

지금부터 성격 검사를 해보려고 한다. 이 검사는 자신의 성격을 정확하게 파악하기 위해 시행하는 것이므로 질문에 거짓과 과장 없이 솔직하게 대답해야 한다. 조금이라도 좋아 보이려는 마음이 깃들면 결과에도 영향을 미친다. 그러면 제대로 된 진단과 파악을 하지 못하므로 옳은 방향도 찾지 못한다. 이것은 자신을 위한 것이다. 어디에 제출하기 위함도, 드러내기 위함도 아니니 신중하고 냉정하게 검사해보기 바란다.

에고그램Egogram 성격검사

에고그램은 미국의 심리학자 J.M.듀세이가 고안한 성격분석 표지법이다. 듀세이는 사람의 성격을 다섯 가지 영역으로 구분하여 쉽게 분석할 수 있도록 표준화하였다. 그 기초는 미국의 정신분석학자 에릭 번Erik Berne이 개발한 교류분석법TA-Transactional Analysis을 바탕으로 하는데 TA는 다섯 가지 마음 중 어느 부분이 자신에게 영향을 끼치는지에 따라 사고방식이나 행동이 달라진다고 규정한다.

다섯 가지 마음은 비판적인 마음 CPCritical, or Control Parent, 용서하는 마음 NPNuturing Parent, 성인의 마음 AAdult, 자유로운 어린이의 마음 FCFree Child, 순응하는 어린이 마음 ACAdapted Child이다.

이 다섯 가지 마음의 비율이 성격을 결정한다.

에고그램 체크리스트

| 다음의 질문을 하나씩 읽으면서 자신의 특성에 맞거나 가장 가까우면 ①번, 어느 편도 아니면 ②번, 맞지 않거나 멀면 ③번에 ∨표를 하면 된다.

■ CP

1	다른 사람이 잘못했을 때 좀처럼 용서하지 못합니까?	①	②	③
2	자신을 책임감이 강한 사람이라고 생각합니까?	①	②	③
3	자신의 생각을 양보 없이 끝까지 주장하는 편입니까?	①	②	③
4	당신은 예의, 태도에 대해 엄격한 훈련을 받았습니까?	①	②	③
5	착수한 일을 끝내지 못하면 마음이 편치 않습니까?	①	②	③
6	부모가 시키면 그대로 따릅니까?	①	②	③
7	당신이 부모가 되면 아이를 엄격하게 키우겠습니까?	①	②	③
8	당신은 깔끔해 보이지 않으면 신경 쓰입니까?	①	②	③
9	'잘못됐다', '하지 않으면 안 된다'라는 말을 자주 씁니까?	①	②	③
10	시간이나 금전 관계는 분명해야 한다고 생각합니까?	①	②	③

점수계 : (　　) (　　) (　　)

■ NP

1	타인이 길을 물으면 친절히 가르쳐 주는 편입니까?	①	②	③
2	친구나 어린 아이들에게 칭찬받기를 좋아합니까?	①	②	③
3	남을 돌보는 것을 좋아합니까?	①	②	③
4	남의 나쁜 점 보다 좋은 점을 더 많이 봅니까?	①	②	③
5	낙담한 사람을 위로하기를 좋아합니까?	①	②	③
6	친구들에게 무엇을 사 주기를 좋아합니까?	①	②	③
7	도움을 요청받으면 기꺼이 처리해 주기를 좋아합니까?	①	②	③
8	누구든 실패해도 책망하지 않고 용서하는 편입니까?	①	②	③
9	자신보다 나이가 적은 사람을 예뻐하는 편입니까?	①	②	③
10	먹을 것, 입을 것이 없는 사람을 도와주는 편입니까?	①	②	③

점수계 : (　　) (　　) (　　)

■ A

1 당신은 여러 가지 책을 잘 보는 편입니까?	1	2	3
2 어떤 일이 잘 되지 않으면 화를 내는 편입니까?	1	2	3
3 어떤 일을 결정할 때 여러 사람의 의견을 듣습니까?	1	2	3
4 처음 하는 일은 잘 알아본 후에 행동합니까?	1	2	3
5 어떤 일을 할 때 그 결과를 충분히 생각해 봅니까?	1	2	3
6 모르는 것이 있으면 남에게 묻거나 상의해 봅니까?	1	2	3
7 몸에 이상이 생기면 조심을 합니까?	1	2	3
8 부모님과 감정 상하지 않고 대화를 잘 합니까?	1	2	3
9 일을 사리에 맞게 처리해 나간다고 생각합니까?	1	2	3
10 미신이나 점치는 것 등을 믿지 않는 편입니까?	1	2	3

점수계 : ( ) ( ) ( )

■ FC

1 당신은 화려한 것을 좋아하는 편입니까?	1	2	3
2 여럿이 어울려 신나게 노는 것을 좋아합니까?	1	2	3
3 '아! 좋다' '멋지다' 등의 감탄사를 잘 사용합니까?	1	2	3
4 말하고 싶은 것을 어려워하지 않고 말하는 편입니까?	1	2	3
5 기쁨, 슬픔의 감정을 잘 나타내는 편입니까?	1	2	3
6 갖고 싶은 것은 가져야만 마음이 편합니까?	1	2	3
7 이성의 친구에게 자유롭게 말을 할 수 있습니까?	1	2	3
8 남에게 농담하거나 장난치기를 좋아하는 편입니까?	1	2	3
9 그림 그리기나 노래하는 것을 좋아합니까?	1	2	3
10 당신은 싫은 것을 싫다고 말하는 편입니까?	1	2	3

점수계 : ( ) ( ) ( )

1 당신은 남의 표정을 보고 행동하는 버릇이 있습니까?	①	②	③
2 싫은 것을 싫다고 말하지 않고 참는 일이 있습니까?	①	②	③
3 당신은 열등감이 강한 편입니까?	①	②	③
4 부탁을 받았을 때 뒤로 미루는 편입니까?	①	②	③
5 무리해서라도 남에게 잘 보이려고 애씁니까?	①	②	③
6 자신의 생각보다 부모나 남의 말에 영향받는 편입니까?	①	②	③
7 슬프거나 우울한 기분을 느끼는 일이 흔합니까?	①	②	③
8 당신은 사양하는 편이며 소극적인 편입니까?	①	②	③
9 부모의 비위를 맞추려고 애쓰는 편입니까?	①	②	③
10 속으로는 불만이지만 만족한 것처럼 행동합니까?	①	②	③

점수계 : ( ) ( ) ( )

■ 채점 방법

│ ①은 2점, ②는 1점, ③은 0점으로 환산하여 합산한 다음 항목별 질문의 10번 밑에 있는 점수계 란에 기록.

■ 그래프 완성하기

│ 항목별 합산 점수를 아래와 같이 도표로 만든다.

예 : Cp - 11점, Np -15점, A - 10점, Fc - 13점, Ac - 9점

에고그램 그래프 예시)

20					
18					
16					
14					
12					
10					
8					
6					
4					
2					
점수	CP	NP	A	FC	AC

에고그램 결과지

20					
18					
16					
14					
12					
10					
8					
6					
4					
2					
점수	CP	NP	A	FC	AC

(세로의 실선에 해당 점수를 점으로 표시한 후 점을 선으로 연결한다)

그래프에 표시한 CP, NP, A, FC, AC를 연결한 선의 모형에 따른 분류

∧형 · 원만 패턴(보통)

| NP를 정점으로 하는 [∧]형의 에고그램을 나타낸다. 일반적으로 대인관계에서 문제가 적고 자타를 모두 긍정하는 사람이라고 할 수 있다. 이 패턴은 '인화'를 강조하는 사람에게 많이 나타나는 패턴이다. 자신의 성격을 바꿔 보고자 하는 사람은 이 형태를 목표로 한다.

N형 · 헌신 패턴(나이팅게일)

| NP를 정점으로 하고 FC를 낮은 점으로 하는 [N]형은 자기 부정적이고 타인에게 의존적이다. 이 형태의 사람은 NP가 높고 타인에 대한 배려나 온정이 있지만, AC가 높으므로 하고 싶은 말을 하지 못하고 마음속으로 삭이는 것이 특징이다. 기분전환도 잘 할 줄 모르므로 싫은 감정을 쉽게 잊어버리지 못하고 자율신경실조증 등의 스트레스성 병을 얻기 쉬운 사람이다.

역 N형 · 자기주장 패턴(도널드 덕)

| CP, FC가 높고 NP, AC가 낮은 [역N]형은 자기중심적인 사람으로

자기주장형이다. 결국 책임의 소재는 타인에게 있고 자신은 항상 옳다고 하는 자기반성이 부족한 사람일 것이다. 그러나 이 패턴의 사람이 가진 야망이나 욕망이 예술이나 예능 방면으로 향했을 때는 능력을 발휘한다. 좋게 말하면 예술가 타입이라고 하겠다.

V형 · 갈등 패턴(햄릿)

| 양 끝의 CP, AC가 높고 전체가 V형으로 되는 에고그램이다. CP가 높으므로 "이렇게 해야 돼!", "이렇게 해서는 안 돼!"라고 자신이나 타인에게 완전함을 요구하지만 마음속으로 갈등을 반복하고 후회를 많이 하는 사람이다. 결국 책임감이나 사명감에 사로잡혀 있는 엄격한 자신과 타인의 평가에 신경을 쓰므로 끊임없이 갈등을 반복하는 것이 특징이다.

W형 · 고뇌 패턴(베르테르형)

| 앞의 V형의 아류 형태로 양쪽의 CP, AC가 높은 데다 A도 높은 점이 특징이다. CP, AC의 갈등 상황은 V형과 같지만, A가 높아 현실을 음미하거나 분석하려고 하는 만큼 이 부분의 고민은 심각하다. 자포자기나 침울한 상태가 되기 쉽다고 할 수 있다.

M형 · 명랑 패턴(우상형)

| Np, FC 양쪽이 높고, 다른 것은 그것보다는 낮은 것이 특징이다. 이 패턴은 명랑한 젊은 여성에게 잘 나타난다. 타인에 대한 배

려가 있고 호기심이 왕성하며 즐거운 것을 아주 좋아하는 사람이라고 할 수 있다. 분위기를 주도하는 밝고 유쾌한 사람이다.

우경사형 ·완고 패턴(보스)

| CP를 정점으로 우측으로 내려가는 [우경사형]의 특징은 한마디로 완고하다는 것이다. AC가 가장 낮아 타인의 의견에는 귀를 기울이지 않는다. 타인이 하는 일에 화를 내는 경우가 많아 두통이나 고혈압에 걸리기 쉬운 형이라고 할 수 있다.

성격을 제대로 알면 자기에게 맞는 회사를 선택할 수 있다. 무조건 취업부터 하고 보자는 생각으로는 좋은 결과를 얻기 힘들며, 취업이 됐다 하더라도 그 회사에 오래 있지 못한다.

나를 알고 그에 맞는 회사를 선택해야 한다. 부부가 궁합이 잘 맞아야지 행복하게 백년가약을 맺을 수 있듯 회사와의 궁합도 중요하다.

나는 어느 분야에 취업하면 좋을까

　누구나 자신의 성격과 능력을 살릴 수 있는 일이 있다. 하지만 현실은 대부분 자신의 성격이나 능력에 맞지 않는 일을 선택해 결국 능력도 제대로 발휘해보지 못하고 그만두기 일쑤다.

　취업포털사이트인 잡코리아에서 국내외 기업 855곳을 대상으로 '신입사원 퇴사 사유(1~3년)'를 조사한 결과 '적성에 맞지 않는 직무'가 전체의 30퍼센트를 차지하면서 신입사원 퇴사 사유 1위가 되었다. 또 다른 취업포털사이트인 사람인에서 조사한 '이직 시 가장 중요하게 고려하는 것'에 대한 통계 결과를 보면 '업무 적성'이 전체 23.4퍼센트를 차지하면서 1위로 뽑혔다. 이러한 통계 결과는 앞서 말한 업무가 적성에 맞아야 한다는 내용을 뒷받침해주는 객관적 근거가 된다. 이처럼 적성에 맞는 직업 선택은 가장 중요한 요소이다. 자신을 잘 알고, 그에 맞는 직업을 선별하고 선택해야 평생 직장으로 자기 삶의 동반자가 될 수 있다.

인재를 고용하는 회사에서는 이러한 것에 큰 관심이 없다. 채용한 사람의 적성이 해당 회사의 업무와 관련이 있는지에 관심을 두기보다, 채용한 사람의 능력이 이 일을 처리할 수 있을지에 더 큰 관심을 둔다. 회사의 조직 체계를 무너뜨리고, 팀워크를 해치지 않는 사람이라면 그 사람의 적성보다 업무에 관한 결과로 사람을 판단하는 것이 회사의 입장이다. 그렇기에 적성에 맞는 직종과 회사를 판단하고 선택하는 것은 오롯이 본인의 몫이다. 누군가가 해줄 수 있는 것이 아니다. 자신이 자신을 진단하고 판단해, 그에 맞는 회사를 선별, 선택할 수 있어야만 진정한 취업 준비생이 된 것이다.

자신의 적성을 찾고, 그에 맞는 직종과 회사를 선별하는 자가 진단은 본인을 위한 것이다. 숨길 것도 과장할 것도 없다. 그저 자신의 길을 제대로 찾기 위해 솔직한 자세로 최선을 다하면 된다.

이전 장에서 자신의 성향에 대해 알아보았다면 이번 장에서는 자신이 어떤 업무에 맞는 적성인지를 알아보자.

업무 적성 진단하기

다음 글을 읽고 자신에게 맞다고 생각되면 '그렇다'에, 자신에게 맞지 않다고 생각되면 '아니다'에, 어느 쪽도 아니라고 생각되면 '잘 모르겠다'에 ○표 하시오.

■ 행동성

	항목	그렇다	잘모르겠다	아니다
1	바쁜 것을 좋아하는 편이다.	☐	☐	☐
2	때와 장소를 가리지 않고 어떤 일에나 몰두하는 편이다.	☐	☐	☐
3	일을 너무 빨리 한다는 불평을 들어 본 적이 있다.	☐	☐	☐
4	일요일이나 공휴일에도 일찍 일어나는 편이다.	☐	☐	☐
5	계획하는 일보다 행동하는 일을 선택하는 편이다.	☐	☐	☐
6	묵상에 잠겨 있거나 몽상에 잠기는 일이 많다.	☐	☐	☐
7	대화하기를 좋아한다.	☐	☐	☐
8	다른 사람들이 알고 있는 것보다 더 많은 일을 하고 있다.	☐	☐	☐
9	휴일을 한가하게 쉬면서 보내기보다는 바쁘게 활동하면서 보내는 편이다.	☐	☐	☐
10	아무 일도 하지 않고 있으면 쉽게 지루해진다.	☐	☐	☐

■ 무자비성

	항목	그렇다	잘모르겠다	아니다
1	자신의 생명을 구하기 위해서는 사람을 죽일 수도 있다.	☐	☐	☐
2	사랑하는 사람의 생명을 구하기 위해서는 사람을 죽일 수도 있다.	☐	☐	☐

3	자신의 이익을 위해 가끔 다른 사람에게 손해를 끼치는 일이 있다.	☐ ☐ ☐
4	목적을 달성하기 위해 때때로 정해진 절차나 방법을 무시하는 일이 있다	☐ ☐ ☐
5	1억 원을 준다면 낯선 사람을 죽일 수도 있다.	☐ ☐ ☐
6	큰돈을 벌 수 있다면 웃어른이나 직장의 상사를 속일 수도 있다.	☐ ☐ ☐
7	자신의 이익을 위해서는 친구를 위험에 처하게 할 수 있다.	☐ ☐ ☐
8	굶어 죽을 위기에 처한다면 먹을 것을 훔치겠다.	☐ ☐ ☐
9	발각될 위험이 없이 많은 돈을 벌 수 있다면 부정이나 비리를 저지를 수 있다.	☐ ☐ ☐
10	고발당하지 않는다는 보장이 확실하고 100억 원을 받을 수 있다면 사람을 죽일 수 있다.	☐ ☐ ☐

■ 정서 안정성

	항목	그렇다 | 잘모르겠다 | 아니다
1	알고 지내는 사람이 모두 마음에 드는 편이다.	☐ ☐ ☐
2	자신은 내부분의 사람보다 뛰어난 재주와 능력을 갖춘 편이라고 생각한다.	☐ ☐ ☐
3	자신에 관한 소문이나 평가에 대해 크게 신경을 쓰지 않는 편이다.	☐ ☐ ☐
4	지위가 높거나 유명한 인물들과도 마음 편히 자연스럽게 이야기를 나눌 수 있다.	☐ ☐ ☐
5	자신은 대체로 즐겁고 보람 있게 생활하고 있다고 생각한다.	☐ ☐ ☐

6 실제로 문제가 되지 않는 일에 대해 쓸데없이 걱정하는 때가 있다. ☐ ☐ ☐

7 맞춤법이 틀린 글을 읽게 되면 내용에 집중하기가 어렵다. ☐ ☐ ☐

8 이유 없이 몸이 아프거나 마음이 울적해지는 때가 있다. ☐ ☐ ☐

9 자신의 행동에 대해 후회를 하거나 부끄러움을 느끼는 때가 자주 있다. ☐ ☐ ☐

10 동전이나 주사위 등을 굴려서 마음을 결정하는 때가 자주 있다. ☐ ☐ ☐

■ 외향성

항목	그렇다	잘모르겠다	아니다

1 몸을 적게 움직이는 일을 하면 마음이 불안해지고 싫증이 난다. ☐ ☐ ☐

2 위험이 따르더라도 변화가 있고 많은 돈을 벌 수 있는 직업을 택하겠다. ☐ ☐ ☐

3 조용한 분위기보다는 소란스럽고 떠들썩한 분위기를 더 좋아한다. ☐ ☐ ☐

4 실내보다는 실외에서 활동하는 것을 더 좋아하는 편이다. ☐ ☐ ☐

5 코미디 프로그램을 볼 경우, 주위에 있는 사람들보다 큰 소리로 웃는다. ☐ ☐ ☐

6 어떤 일을 하더라도 이익과 손해를 꼼꼼히 생각해 보고 나서 마음을 결정한다. ☐ ☐ ☐

7 고민이나 걱정거리가 있으면 혼자서 마음속으로 끙끙 앓는 편이다. ☐ ☐ ☐

8 자신이 겪고 있는 어려움이 너무 커서 도저히 극복할 수 없는 것처럼 느껴지는 때가 자주 있다. ☐ ☐ ☐

| 9 | 자신이 하고 있는 일은 언제나 잘될 것이라고 믿고 있다. | ☐ ☐ ☐ |
| 10 | 가끔 자신이 해야 할 일을 잊어버리거나, 남에게 미루는 경우가 있다. | ☐ ☐ ☐ |

■ 사회성

	항목	그렇다 | 잘모르겠다 | 아니다
1	단체 행사나 모임 때는 항상 적극적으로 참여한다.	☐ ☐ ☐
2	언제 어디서나 잘 웃고 잘 떠드는 편이다.	☐ ☐ ☐
3	성격이 활발하고 쾌활하다는 말을 많이 듣는다.	☐ ☐ ☐
4	사람이 많이 모여 있는 곳에 가면 즐겁고 행복한 느낌이 든다.	☐ ☐ ☐
5	성격이나 생각이 다른 사람들과도 잘 어울리는 편이다.	☐ ☐ ☐
6	언제 어디서나 사람을 쉽게 사귀는 편이다.	☐ ☐ ☐
7	알고 지내는 사람이 많아서 '마당발'이라는 소리를 자주 듣는다.	☐ ☐ ☐
8	친구나 이웃에게 물건을 잘 빌려주는 편이다.	☐ ☐ ☐
9	가끔 사소한 일 때문에 화를 내거나 짜증을 내서 사람들을 당황시키는 경우가 있다.	☐ ☐ ☐
10	스트레스를 받거나 기분이 상하면 소화불량이나 피부 발진이 생길 때가 있다.	☐ ☐ ☐

■ 활동성

	항목	그렇다 | 잘모르겠다 | 아니다
1	어떤 일을 하든지 남보다 더 빨리, 더 잘해야만 마음이 편하다	☐ ☐ ☐
2	놀 때나 일을 할 때나 항상 앞장을 서는 편이다.	☐ ☐ ☐
3	일에 몰두하는 바람에 약속을 잊거나 식사를 거르는 때가 자주 있다.	☐ ☐ ☐
4	전망이 좋은 사업이라면 빚을 내서라도 투자해 보고 싶다.	☐ ☐ ☐
5	일할 때는 항상 활력과 기운이 넘친다.	☐ ☐ ☐
6	어렵고 힘든 일을 자진해서 떠맡는 경우가 많이 있다.	☐ ☐ ☐
7	새로운 일이나 위험한 일일수록 더욱더 많은 관심과 노력을 기울이게 된다.	☐ ☐ ☐
8	일에 대한 욕심으로 인해 사람들로부터 비난을 받거나 질시를 받은 적이 있다.	☐ ☐ ☐
9	소득이 적고 안정된 직업보다는 소득이 많고 역동적인 직업을 선택하고 싶다.	☐ ☐ ☐
10	끊임없이 새로운 일을 생각해 내며, 생각해 낸 일은 즉시 실행한다.	☐ ☐ ☐

■ 자율성

	항목	그렇다 | 잘모르겠다 | 아니다
1	일상생활에서 벗어나 자유롭게 행동하고 싶은 때가 자주 있다	☐ ☐ ☐
2	월급을 많이 받는 샐러리맨보다는 돈을 적게 벌더라도 사업을 하는 것이 낫다고 생각한다.	☐ ☐ ☐

3	사람들로부터 일을 잘한다는 찬사를 듣거나 부러움을 사는 때가 자주 있다.	☐ ☐ ☐
4	운동이나 식이 등으로 자신의 몸을 잘 관리하고 있다.	☐ ☐ ☐
5	원하는 것을 행운에 맡기기보다는 행동을 통해 성취하는 편이다.	☐ ☐ ☐
6	다른 사람들의 이목에 구애되지 않고 스스로 마음을 결정하며, 자기 방식대로 일을 처리하는 편이다.	☐ ☐ ☐
7	일하는데 필요한 기술이나 방법을 손쉽게 찾아내는 편이다.	☐ ☐ ☐
8	그만두고 싶은데 그만둘 수 없는 좋지 않은 습관을 갖고 있다.	☐ ☐ ☐
9	사람들과 논쟁을 할 경우, 쉽게 설득을 당하는 편이다.	☐ ☐ ☐
10	일이나 생활을 의도하는 대로 통제할 수 없는 것처럼 느껴지는 때가 자주 있다.	☐ ☐ ☐

■ 감각성

	항목	그렇다 │ 잘모르겠다 │ 아니다
1	좋아하는 냄새가 정해져 있다.	☐ ☐ ☐
2	무지개를 좋아한다.	☐ ☐ ☐
3	새로운 음식을 먹어보기를 좋아한다.	☐ ☐ ☐
4	신체적인 접촉이나 마사지 받기를 좋아한다.	☐ ☐ ☐
5	음악을 들으며 울어본 적이 있다.	☐ ☐ ☐

6	향수의 자극에 민감한 편이다.			

7	털을 가진 작은 생물이나 부드러운 옷감을 만져보기를 좋아한다.			

8	뽀드득 소리를 내며 눈 위를 걷기 좋아한다.			

9	얼굴에 닿는 햇살의 감촉을 좋아한다.			

10	큰 소리나 날카로운 소리를 들으면 화가 나고 격정적이 된다.			

■ 검약 저축성

	항목	그렇다	잘모르겠다	아니다
1	금전 관리를 잘하고 있다.			
2	부채(빚)가 얼마나 되는지를 늘 점검하고 있다.			
3	빈방에 불을 켜 둔 채 집을 나간 적이 없다.			
4	바겐 세일하는 때가 언제인지를 알기 위해 백화점이나 상점을 늘 주의 깊게 살펴본다.			
5	주문한 음식이 맛이 없을지라도 남김없이 먹는다.			
6	물건을 살 때는 값을 깎을 수 있는 데까지 깎아서 산다.			
7	불경기를 대비해서 저축할 때면 마음이 흡족해진다.			
8	완전히 다 쓰지 않은 치약을 쓰레기통에 던져 버리는 일이 있다.			

| 9 | 청구서의 마감일을 잊어버리는 바람에 연체료를 물어본 적이 있다. | ☐ | ☐ | ☐ |
| 10 | 물건이 마음에 들지 않았지만 값이 싸기 때문에 산 적이 있다. | ☐ | ☐ | ☐ |

■ 나약성

	항목	그렇다	잘모르겠다	아니다
1	새로운 일이나 특별한 일보다는 일상적이고 평범한 일을 더 좋아한다.	☐	☐	☐
2	좁고 위험한 지름길보다는 넓고 안전한 우회로로 다니기를 더 좋아한다.	☐	☐	☐
3	자신의 삶에 무엇인가가 결핍된 것 같은 생각이 들 때가 있다.	☐	☐	☐
4	주저하거나 망설이다가 좋은 기회를 놓쳐 버리는 경우가 많이 있다.	☐	☐	☐
5	대부분 사람은 자신보다 재주와 능력이 뛰어난 것처럼 생각된다.	☐	☐	☐
6	항상 상대방이 먼저 마음을 열고 접근해 오기를 기다리는 편이다.	☐	☐	☐
7	일이 잘못되거나 실패를 하게 되면 곧바로 실망이나 낙담을 하게 된다.	☐	☐	☐
8	일하다가 갑자기 피곤을 느끼거나 기력이 떨어지는 때가 자주 있다.	☐	☐	☐
9	사람들의 이목 때문에 일을 중지하거나 포기하는 때가 있다.	☐	☐	☐
10	자신의 말이나 행동이 사람들의 웃음거리가 될 것 같은 생각이 들 때가 많다.	☐	☐	☐

■ 결과 기록표

문항	나는			문항	나는			문항	나는			문항	나는		
	그렇다	잘 모르겠다	아니다		그렇다	잘 모르겠다	아니다		그렇다	잘 모르겠다	아니다		그렇다	잘 모르겠다	아니다
1				26				51				76			
2				27				52				77			
3				28				53				78			
4				29				54				79			
5				30				55				80			
6				31				56				81			
7				32				57				82			
8				33				58				83			
9				34				59				84			
10				35				60				85			
11				36				61				86			
12				37				62				87			
13				38				63				88			
14				39				64				89			
15				40				65				90			
16				41				66				91			
17				42				67				92			
18				43				68				93			
19				44				69				94			
20				45				70				95			
21				46				71				96			
22				47				72				97			
23				48				73				98			
24				49				74				99			
25				50				75				100			

예시)

문항	나는			문항	나는			문항	나는			문항	나는		
	그렇다	잘 모르겠다	아니다		그렇다	잘 모르겠다	아니다		그렇다	잘 모르겠다	아니다		그렇다	잘 모르겠다	아니다
1	2	1	0	26	0	1	2	51	2	1	0	76	2	1	0
2	"	"	"	27	"	"	"	52	"	"	"	77	"	"	"
3	"	"	"	28	"	"	"	53	"	"	"	78	"	"	"
4	"	"	"	29	"	"	"	54	"	"	"	79	"	"	"
5	"	"	"	30	"	"	"	55	"	"	"	80	"	"	"
6	"	"	"	31	2	1	0	56	"	"	"	81	"	"	"
7	"	"	"	32	"	"	"	57	"	"	"	82	"	"	"
8	"	"	"	33	"	"	"	58	"	"	"	83	"	"	"
9	"	"	"	34	"	"	"	59	"	"	"	84	"	"	"
10	"	"	"	35	"	"	"	60	"	"	"	85	"	"	"
11	"	"	"	36	0	1	2	61	"	"	"	86	"	"	"
12	"	"	"	37	"	"	"	62	"	"	"	87	"	"	"
13	"	"	"	38	"	"	"	63	"	"	"	88	0	1	2
14	"	"	"	39	2	1	0	64	"	"	"	89	"	"	"
15	"	"	"	40	"	"	"	65	"	"	"	90	"	"	"
16	"	"	"	41	"	"	"	66	"	"	"	91	2	1	0
17	"	"	"	42	"	"	"	67	"	"	"	92	"	"	"
18	"	"	"	43	"	"	"	68	0	1	2	93	"	"	"
19	"	"	"	44	"	"	"	69	"	"	"	94	"	"	"
20	"	"	"	45	"	"	"	70	"	"	"	95	"	"	"
21	"	"	"	46	"	"	"	71	2	1	0	96	"	"	"
22	"	"	"	47	"	"	"	72	"	"	"	97	"	"	"
23	"	"	"	48	"	"	"	73	"	"	"	98	"	"	"
24	"	"	"	49	0	1	2	74	"	"	"	99	"	"	"
25	"	"	"	50	"	"	"	75	"	"	"	100	"	"	"

적성검사 판정 방법

■ 분석 1) - 총점 산출에 의한 판정방법

— 채점 기준에 따라 채점한 후 문항 1~70번까지의 총점을 구하여 P점수로 한다.

― 문항 71~100번까지의 총점을 합하여 N점수로 한다.

― P점수에서 N점수를 빼서 종합 판정 점수로 한다.

― 다음의 표를 보고 적성의 수준 정도를 판별한다.

판정점수	등급	수준	해석
60점 이상	A	최상급	뛰어나게 우수한 업무 능력을 발휘할 가능성이 높은 사람
51점~65점	B	상급	비교적 우수한 업무 능력을 발휘할 가능성이 높은 사람
36점~50점	C	중급	보통 수준의 업무 능력을 발휘할 가능성이 높은 사람
21점~35점	D	하급	비교적 저조한 업무 능력을 발휘할 가능성이 높은 사람
20점 이하	E	최하급	지극히 저조한 업무 능력을 발휘할 가능성이 높은 사람

■ 분석 2) - 항목별 점수의 산출에 의한 방법

― 항목별 점수를 채점 기준에 따라 산출한다.

― 항목별 점수가 산출되면 다음의 표에 따라 적성의 수준을 판정한다.

항목	평균점수	상관 관계	판정 기준과 방법
행동성	10.76		
무자비성	3.98		
정서안정성	11.78	정의 상관관계	평균점수보다 높을수록 적성이 높은 것으로 평균점수보다 낮을수록 적성이 낮은 것으로 판정한다.
외향성	12.22		
사회성	13.13		어떤 항목이든 최고점이 18점 이상 최저점이 2점 이하인 사람은 채용에서 특별한 주의를 필요로 한다.
활동성	12.28		
자율성	13.37		

감수성	12.75	逆의 상관관계	평균점수보다 높을수록 적성이 낮은 것으로 평균점수보다 낮을수록 적성이 높은 것으로 판정한다.
검약저축성	11.24		
나약성	11.57		

(평균 점수는 검사 대상 LC 667명의 평균값임)

— 각 항목별 성향은 다음과 같다.

항목	이 항목의 점수가 높은 사람은
행 동 성	바쁜 것을 좋아하고, 어떤 일이든 몰두하고, 계획하기보다는 활동하기를 좋아하며, 해야 할 일도 많고, 하는 일도 많은 부지런한 성격이다.
무자비성(잔인성)	목표를 이루기 위해서는 어떠한 어려움이 있어도 위축되지 않고 과감하게 돌파하는 저돌적인 성격으로서, 사소한 일에 연연하지 않는 성격이다.
정서 안정성	심신이 안정되어 있어서 매사에 만족과 행복을 느끼며 침착하고 여유 있게 살아가는 사람이다. 이 사람은 자존심과 자신감이 강하고 자율성과 태평성, 사고성도 높아서 무슨 일을 하든 자율적, 능동적으로 차분하게 처리하는 특징이 있다.
외향성	활달하고 개방적인 성격을 지니고 있어서, 대개의 경우 실외에서 많은 사람들과 접촉하며 분주히 살아가는 사람이다. 이 사람은 사교성과 명랑성, 행동성, 표현성이 뛰어나기 때문에 말도 많고, 하는 일도 많으며, 친한 사람도 많다는 특징이 있다.
사회성	사교성과 협조성이 높아서 항상 많은 사람들과 절친한 관계를 맺고 살아가는 사람이다. 이 사람은 명랑성과 친절성, 이타성, 동정성, 동조성이 강하고 신경질을 잘 부리지 않기 때문에 언제 어디서 어떤 사람과도 우호적인 관계를 유지한다는 특징이 있다.
활동성	의욕과 활력이 넘쳐서 항상 쉬지 않고 분주히 행동하는 사람이다. 이 사람은 모험성과 도전성, 성취성, 대담성을 갖고 있을 뿐만 아니라 경쟁심, 적극성, 실행성, 추진력, 근면성을 갖고 있어서 항상 어떤 일에 앞장을 서거나 열정적으로 몰두한다는 특징이 있다.
자율성	자존심과 자신감, 독립심이 강해서 매사를 자신의 뜻에 따라 자주적으로 처리하는 사람이다. 이 사람은 자주성과 자립심이 강하고 행동성, 적극성, 능동성, 성취성도 강해서 타인의 간섭이나 도움을 철저히 배격하고 매사를 자신의 힘과 의지대로 해결하려 한다는 특징이 있다.

감각성(감수성)	극노로 섬세한 성격으로 쉽게 감동을 받거나 상처를 입는 성격으로서 일이 뜻대로 진행될 때는 문제가 없지만 거절을 당하거나, 자존심을 상하는 일이 발생하면 금방 포기하고, 한번 슬럼프에 빠지면 쉽게 헤어나지 못한다.
검약 저축성	가정적으로는 훌륭한 살림꾼이 될 수 있지만, 「미래를 위한 투자를 통한 이익 재창출」 의식이 필요한 Sales 직종에서는 부정적인 영향을 주는 성격이라 할 수 있다.
나약성	심신이 유약해서 매사에 두려움과 좌절감, 무력감을 드러내는 사람이다. 이 사람은 강박감과 열등감, 상실감, 패배감을 갖고 있어서 매사에 우유부단하고 모험을 회피하며, 타인에게 의지하려 하거나 현실에 안주하려 한다는 특징이 있다.

기업은 어떤 사람을 뽑을까

취업에서 낙방한 사람들은 대부분 자신이 왜 떨어졌는지를 제대로 알지 못한다. 어느 기업에서도 떨어진 사람에게 그 이유를 설명해주지 않기 때문이다.

비슷비슷한 스펙을 지녔으면서도 누군가는 취업에 성공하고, 누군가는 낙방한다. 이것은 어김없이 주어지는 결과이다. 그렇다면 취업한 사람은 무엇 때문에 성공한 것이고, 낙방한 사람은 무엇이 부족했던 것일까?

취업의 성공 여부를 가리는 가장 큰 특징은 관점의 차이이다. 취업에 실패한 사람에게 물었다.

"자신이 왜 떨어진 것 같나요?"

"스펙은 나쁘지 않은데, 다른 지원자들보다 나이가 많아서 떨어진 것

같아요."

물론 그럴 수도 있다. 하지만 나이가 많다는 이유만으로 기업에서 채용하지 않은 걸까? 절대 그렇지 않다. 같은 스펙일 때 기업에서 무조건 나이가 적은 사람을 뽑는 것은 아니다. 기업에서 나이로 사람을 선별할 때는 그 나름의 기준이 있다. 나이가 어린 지원자라면 패기와 도전적인 정신, 적극적인 자세 등을 장점으로 볼 것이고, 상대적으로 나이가 많은 지원자라면 그 나이에 맞는 안정적이고 신뢰감 있는 자세를 장점으로 본다.

하지만 나이가 어림에도 위축된 태도를 보이게 되면 '나이도 적은데 왜 저리 패기가 없어!'라며 떨어뜨리고, 나이가 상대적으로 많은 지원자임에도 자신감 없는 태도를 보이면 '저렇게 자신감이 없으면 자신보다 어린 동기에게도 끌려다니겠군!'하는 생각으로 낙방시킨다.

같은 상황의 같은 조건이라도 관점에 따라 무기가 될 수도 있고, 낙방의 이유가 될 수도 있다.

예전 영화나 드라마의 주인공은 모두 미남, 미녀들의 차지였다. 하지만 꽃미모가 아니라도 탄탄한 연기력과 개성 있는 매력의 연기자들이 점점 주인공의 자리를 차지하기 시작했다. 이것은 부족한 것을 무리하게 메꾸려 한 것이 아니라, 자신의 장점을 특화해 성공한 것이다.

기업에서 사람을 채용할 때 보는 스펙은 거의 비슷하다. 이력서상으로 확인되는 인재들은 평범하고 색깔이 없다. 사실상 면접에서 인성적인 부분이 확인되고, 색깔이 갈리는 것이다. 다른 어느 부분의 스펙이 조금 부족하더라도 인성적인 부분으로 채울 수 있다는 말이다. 자신의 장점을 활용하고, 단점은 파악하여 장점으로 승화시킬 수 있다면 분명 좋은 결과를 끌어낼 수 있다.

필자가 여러 기업의 면접관을 인터뷰하면서 낙방의 이유를 물으니 '영어 실력'이나, '나이'때문이 아니었다. 가장 큰 이유는 본인이 가진 스펙과 실력에 대한 자신감이 없다는 것이었다.

"긴장해서 그런 것도 있겠지만, 토익 점수는 높은데 영어로 답변할 때 자신감이 없고 굉장히 불편해 보였습니다."

"이력서를 꼼꼼히 보기 전까지 다른 지원자에 비해 나이가 많다는 느낌을 전혀 받지 않았습니다. 그래서 그녀를 합격시켰습니다."

"우리 기업은 오히려 지방대를 선호하는 경향이 있는데 본인이 지방대 출신임을 약점으로 여기더군요. 그것이 본인의 발목을 잡았습니다."

"그는 다른 지원자에 비해 전체적인 스펙은 조금 부족했지만, 배우려는 자세와 무엇이든 할 수 있다는 자신감이 그를 돋보이게 했죠."

채용 여부는 이 미세한 차이로 결정나는 것이다. 자신의 영어 실력이 부족해서, 나이가 많아서, 자격증이 부족해서가 아니라, 자신이 자신을 얼마나 드러낼 수 있느냐에 따라 다른 결과를 가져오는 것이다.

생각하는 것만큼 스펙이 경쟁의 우위를 결정짓지 않는다. 자신에 대한 자신감, 열정이 그를 돋보이게 하고, 그녀를 선택하게 만든다. 이것이 채용의 본질적인 부분이다. 자신의 가치를 결정짓는 건 바로 자신이다. 남의 떡이 커 보이듯 남들이 더 나아 보이는 건 모든 지원자가 공통으로 느끼는 바이다. 하지만 거기에서 관점을 달리하여 자신의 장점을 얼마나 드러내 보일 수 있느냐가 결정적 요소가 된다. 채용자 입장에서는 토익 점수 790점이나 810점이나 매한가지이며, 나이가 25살이나 28살이나 별반 다르지 않게 느껴진다. 이것에 차이를 만들고 마이너스로 만들어버리는 건 바로 자신이다. 자신이 채용자라면 무엇을 볼 것인지, 어떤 지원자를 뽑을 것인지를 생각해보라. 자신이 뽑고 싶은 사람이 바로 채용자도 뽑고 싶어 하는 사람인 것이다.

자신이 단점이라고 여기는 부분은 상대적인 것인가, 절대적인 것인가? 아무도 당신에게 단점이라고 말한 적이 없는데 스스로 단점이라 단정 지은 건 아닌가? 낙방했다면, 그것은 나이 탓인가? 스펙 탓인가? 그렇지 않으면 그 모든 것이 원인이라 여기는 자신 탓인가?

낙방한 진짜 이유를 알아야 한다. 원인 없는 결과가 없듯이 낙방한 것에는 분명 그럴만한 이유가 있다. 그 이유를 수정해 나간다면 반드시 채용의 결과로 이어질 것이다.

SECTION 6

취업, 이렇게 준비하라

취업은 하루 이틀 준비한다고 해결되지 않는다. 오랜 시간 다양한 준비와 꾸준한 노력으로 본인 스스로 필요한 인재가 되어야만 취업할 수 있다. 자기 자신을 제대로 파악한 뒤, 장점은 살리고, 단점은 보완하는 노력이 병행되어야만 좋은 결과를 얻을 수 있다.

스펙 쌓기도 중요하지만 취업도, 취업 이후의 직장 생활도 스펙으로만 해결할 부분이 아니다. 취업도, 직장생활도 결국은 사람들과의 소통 문제이기 때문에 오로지 지식적인 부분만 채워서는 좋은 결과를 내기 힘들다.

그렇다면 우리는 어떤 것을 준비해나가면 좋을까? 물론 그것은 본인의 장점에 따라 조금씩 다르겠지만, 공통적으로 꾸준히 준비해나가면 좋은 몇 가지를 정리해보도록 하자.

| 소크라테스는 말했다. "너 자신을 알라."고 말이다. 무슨 일이든, 누구와 소통을 하든 가장 중요한 건 자기 자신을 제대로 알고 있어야 한다는 점이다. 자신의 성향이 어떤지, 무엇을 할 때 행복한지, 무엇을 잘할 수 있는지. 사람들과의 소통에서 나는 무엇을 줄 수 있고, 무엇을 원하는지.

이러한 모든 것을 제대로 이해해야만 옳은 방향을 잡을 수 있고, 사람들과의 소통도 수월해질 수 있다. 자신은 수리적인 사고력을 요하는 문제나 상황에서 잘 대처할 수 있고, 이러한 일이 즐거운데 어학 교사 쪽으로 지원한다면 좋은 결과를 얻을 수 있을까? 혹, 좋은 결과를 얻어 취업에 성공했다 하더라도 즐겁게 직장 생활을 유지할 수 있을까?

가장 중요한 건 자기 자신을 아는 것이다. 그리고 자신이 가장 잘할 수 있는, 가장 즐겁게 할 수 있는 자신만의 필살기를 찾아야 한다. 그게 어떤 분야이든 이것만큼은 누구보다 즐겁게, 잘할 수 있는 자신만의 필살기를 찾아 갖추고 있어야 한다. 그게 무엇이든, 그 어떤 연계성을 띠든 그것은 분명 자신만의 무기가 될 것이고, 자신을 드러내는 가장 뚜렷한 개성이 되어줄 테니 말이다.

둘째 • 기업을 낱낱이 파헤쳐라

| 자신에 대해 파헤쳤다면, 이제는 취업을 하려는 기업을 파헤쳐

야 한다. 취업의 기본은 자신이 지원할 기업에 대해 잘 아는 것이다. 기업의 과거와 현재, 그리고 지향하는 미래의 모습까지 그려낼 수 있어야 한다.

기업은 아는 만큼 공략할 수 있다. 기업의 재무제표, 영업현황, 신사업 현황까지 낱낱이 파헤쳐 기업의 성향과 비전을 읽을 수 있어야 자신을 그에 맞게 준비할 수 있다. 이 기업이 원하는 인재상과 스펙을 파악해야 적절한 공략도 할 수 있다.

셋째 · 경제 신문을 읽어라

| 기업에 관한 정보는 많으면 많을수록 좋다. 지피지기면 백전백승이란 말처럼 말이다.

기업에 관한 정보를 얻거나 현재 기업의 형태와 지향 산업을 이해하려면 산업 전반에 관한 지식과 역사를 알아야 한다. 이러한 정보와 흐름을 이해하기에는 경제 신문을 꾸준히 읽는 것만큼 간단하고 좋은 방법은 없다.

무엇보다 경제 신문은 면접 준비에 큰 도움이 된다. 면접 시 경제 용어나 시사 상식 문제를 돌발 질문하기도 하는데, 이럴 때 경제 신문을 자주 읽어 둔 사람이라면 당황하지 않고 잘 대처할 수 있다. 경제 신문을 꾸준히 읽다 보면 경제, 시사와 관련된 상식을 쌓을 수 있기 때문이다.

| 유명인이나 성공한 사람이 아니라 가까운 데에서 직접적인 조언과 도움을 받을 수 있는 멘토를 찾자. 가까운 사람을 멘토로 삼는 것은 상황별로, 문제별로 멘토의 조언을 들을 수 있다는 점과 그 사람의 행동을 직접 볼 수 있어 자신을 되돌아보고, 개선하는 데에 큰 도움이 된다는 점 때문이다. 유명인 같은 경우는 그의 자서전이나 강의 등을 통해서만 배울 수 있다. 반면에 실질적인 도움과 효과를 받을 수 있다면 성장에 더 큰 도움이 된다. 때로는 백 마디 말보다 하나의 선행되는 행동이 더 큰 자극을 주기도 한다.

멘토는 꼭 한 사람일 필요는 없다. 필요하다면 부분 부분마다 각기 다른 멘토를 두는 것도 좋다. 외향적인 부분에서의 멘토, 업무적인 부분에서의 멘토, 인성적인 부분에서의 멘토 등 각각 다른 분야에 다른 멘토를 두어 배우는 것도 좋은 방법이다.

멘토는 자신이 성장함에 따라 달리 선정하는 것이 좋다. 대학 1학년 때는 2, 3학년을, 2학년 때는 3, 4학년을, 3학년 때는 4학년이나 졸업생들을, 4학년 때는 취업한 선배를 멘토로 둔다. 이런 식으로 자신의 준비 단계와 성장 단계에 맞춰 적절히 멘토를 바꿔나가도록 한다.

이것은 취업이 된 후에도 마찬가지이다. 신입일 때, 팀장일 때, 임원일 때에 맞는 멘토를 선정해 자신을 성장시켜 나가도록 한다.

| 반복과 습관이 성공을 부른다는 이야기는 고대 그리스 철학자인 소크라테스의 한 일화로도 잘 알려져 있다.

어느 날, 소크라테스는 제자들에게 이렇게 말했다.

"오늘 우리는 세상에서 가장 쉬우면서도 가장 어려운 일에 대해 말해 보겠다. 모두들 어깨를 최대한 앞을 향해 흔들어 보아라. 그리고 다시 최대한 뒤를 흔들어 보아라."

소크라테스는 시범을 보이면서 계속 말을 이어 나갔다.

"오늘부터 모두들 매일 300번을 이렇게 하도록 해라. 할 수 있겠느냐?"

제자들은 이게 뭐 어려운 일이겠느냐는 표정을 지으며 그렇게 하겠다고 답했다. 그리고 한 달의 시간이 지났고, 소크라테스는 다시 제자들을 불러 모아 물었다.

"한 달 전, 내가 알려준 어깨 풀기 운동을 매일 300번씩 하는 사람이 아직 있느냐?"

그러자 제자 중 90퍼센트가 자랑스러운 듯 손을 들었다. 소크라테스는 웃으며 고개를 끄덕였다. 그리고 또다시 한 달 후, 소크라테스는 똑같은 질문을 했다. 그러자 이번에는 80퍼센트 정도가 손을 들었다. 그렇게 일 년이 지나고 다시 소크라테스는 제자들을 향해 물었다.

"아직 어깨 풀기 운동을 매일 300번씩 하는 사람이 있느냐?"

이때, 단 한 사람만이 손을 들었다. 그는 바로 훗날 고대 그리스의 대철학자가 되는 '플라톤'이었다. 단 한 명밖에 손을 들지 않자 소크라테스가 말했다.

"처음 내가 너희에게 매일 어깨 풀기 운동을 300번씩 하라고 했을 때 모두 웃었다. 하지만 지금의 결과를 보아라. 지금까지 그것을 해 온 사람은 단 한 명밖에 없다. 세상에서 가장 어려운 일은 가장 쉬운 일을 지속적으로 하는 것이다. 한 가지 일이라도 지속적으로 잘해 낼 수 있는 사람은 반드시 성공할 수 있다."

어떤 분야든 그 일에 적응하고 잘하기 위해서 매일같이 연습하고 반복할 때는 실력이 향상된다. 하지만 아무리 익숙해진 일이라도 손을 떼고 반복하지 않으면 그 실력은 점차 떨어진다.

위에서 말한 모든 것을 다 시도하더라도 이것이 습관이 될 정도로 꾸준히 하지 않는다면 진정한 자신의 무기가 될 수 없다. 누가 시키지 않더라도 습관이 되어 자연스럽게 나올 만큼 계속해서 반복하자.

이 사소한 습관이 승패를 가릴 미세한 차이가 될 테니 말이다.

2장 기업 분석:
기업이 정말로 원하는 인재

스펙, 그 불편한 진실

"스펙은 높아졌는데, 쓸 만한 사람이 없습니다."

기업의 인사담당자들을 인터뷰할 때 가장 많이 듣는 말 가운데 하나다. 취준생, 취업준비생들은 하나같이 스펙을 쌓기 위해 노력 중이다. 학점은 3.8 이상, TOEIC은 950점을 넘기기 위해 도서관, 학원, 고시텔을 전전하며 살고 있다. 하지만 그런 노력이 무의미하다는 듯 인사담당자들은 '스펙이 높아도 쓸 인재가 없다'고들 말한다.

애당초 스펙을 원한 건 기업 쪽이지 않은가? 그런데 이제 와서 스펙은 높은데 쓸 인재가 없다니! 도대체 뭘 어쩌란 말인가?

이제 우리는 지금까지 중소기업, 대기업에서 요구해온 스펙에 대해 다시 한번 짚고 넘어가야 한다. 그들이 왜 스펙을 원하는지, 요구해온 스펙을 충족시켰지만 무엇 때문에 쓸 인재가 없다고 하는지 알아야만 한다.

지금부터 스펙 하나하나를 꼼꼼히 따져보자.

금융권과 대기업 공채 평균 경쟁률 실황

서류 전형 경쟁률	20:1 ~ 30:1
면접 전형 경쟁률	50:1 ~ 100:1

스펙 요건

학벌 | 학벌은 평균 3등급으로 분류되어 등급에 따라 2~3점의 차등을 준다.

 | 1등급: 서울대, 연세대, 고려대, 카이스트, 포항공대

 | 2등급: 서강대, 성균관대, 한양대, 이화여대, 경희대, 중앙대, 시립대

 | 3등급: 지방국립대(경, 부, 충, 전), 동국대, 건국대, 단국대 등

  * 기업마다 학교 등급의 차이는 있을 수 있음

학점 | 학점 역시 3등급으로 분류되며, 학점이 나쁘면 다른 조선이 좋더라도 탈락하는 경우가 많다.

 | 1등급: 3.8 이상

 | 2등급: 3.8 ~ 3.3

| 3등급: 3.2 ~ 2.8

전공 | 전공은 분야에 따라 해당하는 몇 개의 전공 분야를 정해 기준을 적용하는 경우가 대부분이다.

| 1등급: 관련 전공

| 2등급: 유사 분야 전공

| 3등급: 관련 없는 전공

　* 관련 전공이 아니면 배제하는 경우도 있음

어학 | 어학은 가산점으로 적용되는 경우가 많으나 분야에 따라 필수로 보는 곳도 있으며 갈수록 기준이 높아지는 추세다.

| 1등급: 토익 950점 이상, HSK 6급, JLTP 1급

| 2등급: 토익 900 ~ 950점, HSK 5급, JLPT 2급

| 3등급: 토익 850 ~ 900점, HSK 3급 4급, JLPT 3급

나이 | 나이는 표면적으로 적용 기준이 보이는 곳도 있고, 그렇지 않은 곳도 있다. 대졸 신입 기준으로 채용하는 경우, 나이에 따라 등급이 정해진다. 나이는 무조건 어리다고 좋은 것이 아니라 조직의 균

형을 고려해 연령대를 제한하는 경우가 대부분이다.

자격증

　| 　해당 업무에 따라 기업에서 선정한 자격증으로 보유 여부에 따라 가산점을 부여한다. 업무에 관련 없는 자격증은 가산점에서 제외된다.

그 외 관련 활동

　| 　업무에 관련된 분야를 수강하거나, 관련 협회에 가입된 점. 혹은, 봉사활동을 한 것도 가산점을 얻는 좋은 방법이다.

스펙은 기업에 따라, 지원하는 분야에 따라 기준이 달라진다. 아무리 좋은 스펙을 지녔더라도 이러한 합이 맞지 않으면 탈락할 수밖에 없다. 학교, 학점, 나이도 보지 않는 열린 채용의 경우에는 업무 관련 자격증이나 어학 부문의 특이사항만으로도 당락이 결정된다. 학교나 학점에 더 이상 가산점을 기대할 수 없는 상황이라면 열린 채용 쪽으로 공략해 보는 것도 좋은 방법이다.

모든 스펙을 1등급으로 갖춘 사람이 취업에 성공하는 것은 아니다. 기업에서 요구하는 이 스펙 조건을 채우고도 취업이 되지 않아 전전긍긍하는 취준생이 널리고 널렸다. 스펙은 쉽게 말하자면 기본 옵션일 뿐이다. 업무를 이해하고 숙지할 최소한의 능력을 기준점으로 삼은 것이

스펙이다

　기업마다 필요로 하는 스펙이 다르고, 요구하는 최소한의 능력 또한 다르다. 그렇기 때문에 막무가내로 일단 스펙을 쌓는 것이 아니라, 자신이 지원하려는 기업을 제대로 파악하여 요구하는 스펙에 맞춰 준비하는 것이 중요하다. 무턱대고 스펙을 쌓는 것이 아니라 공략적인 스펙 쌓기가 필요하다.

　스펙이 곧 취업의 길이라고 여긴다면 크게 낭패할 것이다. 기업은 열린 채용을 통해 스펙이 아닌 기업이 요구하는 특정 요소들로 인재를 찾기 시작했다. 이러한 시대적인 흐름을 보지 못한 채 스펙만을 쌓고 있다가는 사회 부적응자로 남아버릴지도 모른다.

　스펙은 필요하지만, 절대적인 요소는 결코 아니다. 스펙을 버릴 수도 스펙만을 노릴 수도 없는 현실을 받아들여야 한다. 그 불편한 진실을 끌어안아야만 한다.

SECTION 8

스펙보다 경험

스펙이 상대적 강점이라면 경험은 절대적 강점이다. 스펙은 비교 대상보다 더 나은지, 얼마나 더 나은지를 판단할 수 있지만, 경험은 그 누구와도 비교할 수 없는 자신만의 절대적인 강점이다.

예를 들어, 열 명의 지원자가 있다고 생각해보자. 그들은 저마다 다른 스펙을 지니고 있다. 누구는 학점이 4.0 이상이고, 누구는 토익 점수가 800점 정도가 된다. 또 누군가는 출신 학교가 1등급이고, 또 누군가는 자격증을 다수 보유했다. 이렇게 저마다 각기 다른 스펙을 자랑하고 있으며 저마다의 스펙으로 면접관은 지원자들을 저울질하고 있다.

그런데 여기서 절대적인 강점인 경험이 나온다. 열 명의 지원자 중 누군가가 인도의 한 특급 호텔에서 6개월간 인턴으로 근무한 적이 있다고 말한다. 경험만으로 보면 그리 대단한 것도, 특별한 것도 아닐 수 있다. 하지만 지원한 회사가 인도에 수출을 준비하고 있는 상황이라면 이야기는 달라진다. 다른 지원자에 비해 학점이 조금 낮더라도, 토익 점수가 조금 부족하더라도, 학벌이 뛰어나지 않더라도, 자격증이 많지 않더라도 그의 6개월 인턴 경험은 다른 지원자들의 스펙을 넘어서게 된다. 이것이 바로 경험이 가진 절대적 강점이다.

면접관은 골리앗만을 선택하지 않는다. 오히려 골리앗마저 무너뜨릴 잠재력을 지닌 다윗을 찾아내는 것에 집중한다. 회사가 사람을 선택할 때는 지금 보이는 모습만으로 선택하는 것이 아니다. 이 사람이 회사에 입사하여 얼마나 더 성장할지, 얼마나 회사에 잘 적응하여 자신의 몫을 해줄지를 기대하며 선택한다. 지원자가 지금 가진 스펙으로 얼마나 잘 일할지가 아니라, 이 스펙으로 회사의 일을 얼마나 빨리 배우고, 잘 적응할 수 있는지의 잠재력을 기대하는 것이다.

하지만 경험은 잠재력을 표면적으로 끌어내는 역할을 한다. 스펙이 '이 지원자는 이 스펙으로 어느 정도 회사에서 적응하며 성장할 수 있겠군'을 보여준다면, 경험은 '이 지원자는 ㅇㅇ을 해본 경험이 있는 만큼 지금 진행 중인 ㅇㅇ프로젝트의 ㅇㅇ에 바로 투입할 수 있겠군'을 보여주게 된다. 그야말로 상대적 강점이 아닌, 절대적 강점이 되는 것이다.

그렇다고 스펙이 나쁘다는 것은 절대 아니다. 스펙과 경험의 차이를 말하는 것이다. 쉽게 말하자면 스펙이 남들과 비교할 수 있는 'Better'라면, 경험은 독보적인 'Only One'이 된다는 것이다.

수많은 지원자 중에서 면접관은 'Better'를 찾으려 한다. 하지만 수많은 'Better'가운데 'Only One'을 발견한다면 순식간에 면접관의 관심은 'Only One'에게로 쏠리게 된다. 그리고 면접관의 선택은 'Better'보다 'Only One'이 많다는 것을 기억해야 한다.

지금까지 스펙이 취업의 길이라 믿으며 스펙 쌓기에 열심이었다면 이 말이 충격으로 다가올 수도 있다. 오해해서는 안 된다. 스펙은 분명 필요하다. 기본적인 스펙이 되지 않으면 지원조차 불가능하며, 업무를 이해조차 못 할 수도 있다. 자신이 원하는 곳에 지원하기 위해서는 그만큼의 스펙은 준비되어 있어야만 한다.

하지만 스펙 쌓기의 함정에 빠져 더 중요한 것을 놓치지 말라는 것이다. 회사 입장에서 인재를 찾아내는 것은 가장 중요한 일 가운데 하나이다. 인재가 없는 회사는 미래가 없기 때문이다. 회사의 미래를 그저 남들보다 좀 나은 'Better'의 인재에게 맡기느냐, 그 사람이 아니면 안 되는 'Only One'의 인재에 맡기겠는가? 당신이라면 무엇을 선택할 것인가?

한국 축구의 자부심인 '박지성 선수'를 모두 알 것이다. 2002년 월드컵에서 우리나라를 4강에 올린 장본인이자, 한국 선수 최초로 영국 프로축구팀의 명문가인 맨체스터 유나이티드 FC에서 2005년부터 2012년까지 7년 동안 경기를 뛴 선수이다. 2014년에는 맨체스터 유나이티드 FC의 명예의 전당인 앰버서더에 뽑히는 등 명실공히 한국 축구의 전설이자 자부심이다.

박지성 선수가 한국 축구의 자부심이 될 수 있었던 건 무엇 때문이었을까? 그가 다른 선수보다 더 나은 'Better'선수라서? 아니다. 그는 세계적인 선수와 비교했을 때 그렇게 골을 많이 넣은 선수도 아니었으며, 기술이 뛰어난 선수도 아니었다. 하지만 그는 세계 최고의 선수들과 어깨를 나란히 했다. 그것은 바로 그가 'Only One'이었기 때문이다.

박지성 선수는 굉장히 뛰어난 능력의 축구 선수는 아니었지만, 그만의 체력과 성실함으로 팀을 승리로 이끌었다. 기술적으로 그를 대체할 선수는 많았지만 그만큼 뛰어다니면서 팀의 엔진 역할을 할 수 있는 선수는 오직 박지성, 바로 그밖에 없었던 것이다.

기록으로 비교해봤을 때 박지성 선수는 골 기록이 높지도 않았으며, 어시스트 기록도 높지 않았다. 그럼에도 팀이 필요로 하고, 팀에 없어서는 안 될 선수가 되었다. 그것은 기록으로는 볼 수 없는 그만의 에너지로 팀을 승리로 이끌었고, 경기에 대한 노하우와 센스가 있었기에 가능했다. 그만의 'Only One'이 그를 세계적인 선수로 이끌었던 것이다.

취업에서도 이와 같은 'Only One'이 필요하다. 박지성 선수는 스펙으로 따지면 학벌과 학점이 그저 그렇고, 어학 능력이나 자격증도 별로 없었다고 볼 수 있다. 그렇지만 그만의 'Only One'으로 스펙이 출중한 다른 선수들보다 더 인정받고 더 높이 평가되었다. 대체 불가한 'Only One' 선수로 지금까지도, 앞으로도 세계적인 선수로 인정받을 것이 분명하다.

취업을 준비할 때도 그저 남들보다 뛰어난 'Better'의 스펙만을 준비하기보다는 남이 대체할 수 없는 'Only One'의 경험을 쌓아야 한다. 지금 이 순간에도 남들보다 나은 스펙을 쌓아 'Better'가 되기 위해 애쓰고 있다면, 이제 시선을 돌려 독보적이고 절대적인 'Only One'이 되려 하라. 그것이 수많은 지원자 중에서 군계일학으로 빛나는 길이며, 최종적으로 선택받을 요소가 되어줌을 기억하라. 남들보다 나은 것으로 만족하지 말고, 내가 아니면 안 되는 길을 걸어가야 한다.

취업은 저 수많은 회사원 중 한 명이 되기 위함이 아니다. 나의 능력을 펼칠 무대를 찾는 것이다. 따라가기 급급해서는 그 자리에 계속 머물게 된다. 나를 드러내는 취업이 되어야 한다. 앞서 나가는 누군가가 아닌, 나를 보고 나를 찾아가는 길에 취업의 문도 열려 있다.

기업이 원하는 인재의 조건

기업에서 원하는 것은 스펙만이 아니다. 스펙은 업무를 배우는 데 최소한의 지적 능력과 이해 능력을 판가름하는 요소이다. 기업이 진정 원하는 능력은 그것에 멈춰 있지 않다.

그렇다면 기업이 진정 원하는 인재는 어떤 사람일까? 원하는 능력은 어떤 것일까?

기업이 원하는 인재의 조건은 크게 다섯 가지로 구분한다.

제1조건 · 소통능력

| 회사업무는 소통에서 시작해서 소통으로 끝난다고 해도 과언이 아니다. 출근할 때부터 퇴근할 때까지 회사 내에서 수많은 사람을 만나며, 업무를 위해서도 다양한 사람을 만나거나 통화를 한다. 즉

소통을 잘하는 사람이 일도 잘하는 것이다.

아무리 개인의 능력이 뛰어나더라도 회사 업무를 혼자서 할 수는 없다. 모든 일을 공유하고 피드백을 주어야 원활하게 해결할 수 있다. 그런데 소통이 안 된다? 소통이 안 되는 사람은 능력과 관계없이 다른 사람에게는 그저 일을 못하는 사람으로 인식될 뿐이다. 역으로 생각해보면 업무적인 처리 능력이 조금 떨어져도 소통을 잘하는 사람은 동료에게 인정받는다.

회사에서 소통의 능력은 가장 기본적인 요소이자, 가장 필요한 요소이기 때문에 이것을 파악할 수 있는 인성적인 부분이 갈수록 중요하게 여겨지고 있다. 스펙이 아무리 높아도, 학벌이 아무리 뛰어나도 인성적인 부분이 따라주지 않으면 외면당하고 만다. 문서를 수정해달라고 요청했는데 문서를 파쇄시켜버리는 사람과는 누구나 일하고 싶지 않을 테니 말이다.

제2조건 · 문제 해결 능력

| 회사 생활을 하다 보면 언제나 문제가 생긴다. 문제가 생기지 않으면 모든 회사가 일류 대기업이 될 테니 말이다. 그 회사가 일류 기업으로 성장할 수 있느냐, 없느냐는 그 문제를 잘 해결하느냐, 아니냐로 결정된다고 해도 과언이 아니다.

직원 한 사람의 문제 해결 능력이 회사에 그리 큰 영향을 미치겠느냐고 생각할 수도 있지만, 문제 해결 능력이 뛰어난 직원 한 명 덕

분에 회사는 성장하고 인류 기업으로까지 성장할 수 있다.

어떤 조직이든 발생하는 문제에 수동적인 태도를 보이는 사람은 선호하지 않는다. 조직의 문제는 곧 개인의 문제라 여기며 적극적이고 능동적인 태도를 보이는 사람은 어디에서든 환영받는다. 비록 자신이 할 수 없는 범위의 문제라 하더라도 문제 해결을 위한 적극적 태도는 본인과 조직을 성장시킨다.

그렇다면 문제 해결 능력은 어떻게 키워야 할까?

이것은 일상생활에서의 습관의 연장선이다. 사소한 일이든 큰 일이든, 개인적인 일이든 회사 내 업무적인 일이든 크고 작은 문제가 계속해서 발생한다. 일상생활에서 이런 크고 작은 문제가 발생했을 때 실수와 실패를 반복하면서도 마주하는지 회피하는지에 따른 습관이 문제 해결 능력을 키워준다.

일상생활의 작은 것에서부터 이겨내고 맞서는 습관을 길러야 한다. 이 습관이 자신을 성장시키고 조직도 성장시킨다. 어떤 조직에서든 문제 해결 능력이 있는 사람을 중심으로 조직이 구축되고 업무가 진행된다는 점을 기억하라.

제3조건 · 팀플 능력

발가락이 하나 없어지면 균형 감각이 무너져, 제대로 걷지 못한다. 시간이 지날수록 몸의 균형은 무너지고, 동시에 다른 부위까지 변형되거나 손상될 수 있다. 평소 신경도 쓰지 않던 발가락 하나 때문에 말이다. 우리의 몸은 완벽하게 구성되어 있다. 어느 것 하나 의미 없이 형성되어 있는 것이 없고, 불필요하게 주어진 것이 없다. 어떤 조직의 여느 구성원도 이와 마찬가지이다. 조직을 형성할 때 불필요한 조직원으로 구성하는 일은 없다. 커피 타고, 쓰레기 치우는 잡일만 하는 사람처럼 보일지라도 그 사람이 필요하기에 조직원으로 함께하는 것이다.

회사에서는 특출난 한 사람보다 팀플레이가 좋은 조직을 원한다. 아무리 실력이 뛰어나더라도 그 한 사람 때문에 조직이 와해된다면 그 사람은 내쳐지고 만다. '튀어나온 못이 정에 맞는다'는 속담처럼 말이다.

자연스럽게 조직에 녹여 드는 팀플레이 능력은 어떻게 키울까? 그 답은 바로 세계 최고의 경영컨설팅 회사인 맥킨지 앤드 컴퍼니 McKinsey & Company에서 찾을 수 있다. 맥킨지는 훌륭한 팀플레이로 유명한데, 세계 최고의 실력자들로 구성된 맥킨지가 팀플레이로 더 유명하다는 점이 오히려 많은 사람을 놀라게 한다. 맥킨지의 팀플레이는 두 가지 단어로 설명할 수 있다. 바로 '존중respect'와 '사기 fighting spirit'이다.

맥킨지에서는 조직원 그 누구의 실력도 의심하지 않는다. 각자의 실력을 인정하며 존중한다. 그렇기에 조직원 한 명, 한 명의 영역에 있어서는 자발적이고 자율적인 판단에 맡긴다. 그러다 보니 자연스럽게 개개인의 사기는 올라가고, 서로가 서로에게 시너지 효과를 주게 된다.

어느 조직에 들어가든 자연스럽게 녹아 들어가고 싶다면 조직원 한 명, 한 명을 존중하고 사기가 올라가도록 하라. 먼저 존중하는 사람은 자신도 존중받게 되며, 사기를 올려주는 사람은 저절로 자신의 사기도 올라가게 된다.

제4조건 • 리더십 능력

| 리더십은 두 사람 이상 모인 자리에서는 무조건 필요한 능력이다. 하물며 몇십, 몇백 명 이상 함께 일하는 회사에서는 당연히 필요한 능력이다.

시대가 흐를수록 리더십 능력은 더욱 가치 있게 평가되고 있으며, 기본 능력으로 인지된다. 조직에 훌륭한 리더십을 가진 한 사람이 있느냐 없느냐에 따라 결과가 천차만별이기 때문이다.

조직은 한두 명의 적극성으로 움직여지지 않는다. 모두가 한마음으로 적극적인 태도를 보일 때 빛을 발하고 성과를 낸다. 그렇기에 조직에는 반드시 모두를 하나로 묶고 일어나게 할 리더가 필요하다.

다양한 종류의 리더십이 있다. 최근에는 그중에서도 스스로와 주변인들까지 적극적으로 만드는 동기부여형 셀프 리더십을 요구하고 있다. 리더십의 종류와 성향에 대해, 또한 셀프 리더십은 어떻게 키울 수 있는지에 대해서는 3장의 '셀프 리더십'에서 다시 자세히 다루기로 하자.

| 기업은 정체되어 있는 사람을 요구하지 않는다. 항상 끊임없이 자신을 성장시키고, 자신의 능력을 향상시키려는 사람을 원한다. 이제 반복적인 일만 하면서 평생직장으로 있을 곳은 없다. 시대는 상상을 초월하는 속도로 발전하고 새로운 소프트웨어와 하드웨어가 하루에도 몇 가지씩 출시되고 있다. 이런 시대를 살아가고, 이러한 시대에서 회사에 다닌다는 것은 계속해서 공부하고, 새로운 무언가를 익혀야 한다는 의미이다.

최근 회사의 복지후생을 보면 자기계발과 관련된 사항이 많다. 독서, 여행, 어학 등 다양한 범위에서 직원들이 자기계발을 하도록 투자하고 있다. 이것은 단기적으로 봤을 때는 개인의 성장이지만, 장기적으로 봤을 때는 조직의 성장이고, 회사의 성장임을 알기 때문이다. 새로운 것을 받아들이지 않고, 새로운 능력을 키우려고 하지 않는 사람은 회사 입장에서는 투자할 가치가 없다. 결국 불필요한 존재가 되고 마는 것이다.

회사는 계속해서 성장하길 원한다. 정체되고 뒤처지길 원하는 기업은 어디에도 없다. 성장을 원하는 회사는 함께 성장할 직원을 원한다. 회사와 같은 곳을 바라보고, 같이 나아갈 직원을 원하는 것이다.

기업마다, 회사마다 원하는 인재의 스펙은 다르지만 원하는 인재상은 같다. 이것은 누구나 알고, 누구나 당연하게 원하는 기본 요건이기 때문이다. 입장을 바꿔 당신이 사장이라도 이런 사람을 선호하고 원할 것이다.

지금 당신은 기업이 원하는 인재인가? 당신이라면 당신을 뽑을 것인지 냉정하게 돌아보라. 그렇지 않다고 판단되면 부족한 부분이 무엇인지 되돌아보고 그 부분을 키우도록 하자. 당신 스스로를 인정할 수 있다면 기업도 당신을 알아볼 것이다. 숨은 보석을 발견했다면서 말이다.

인사담당자의 함정

얼마 전, 윤경은 취업 포털 사이트를 통해 자신의 전공을 살릴 수 있는 회사에 이력서를 넣었다. 최근 몇 군데에 지원했지만 연락이 없거나 이력서를 열람조차 하지 않은 곳도 있었던 탓에 하루하루가 초조했다.

이력서를 넣은 지 며칠이 지난 어느 날, 모르는 번호로 걸려온 전화를 받았다. 전화는 얼마 전 취업포털사이트를 통해 지원한 회사의 인사담당자였다. 기쁘고 긴장된 마음에 두근거리며 대화를 시작했다. 걱정과는 달리 인사담당자는 친절했고 진근하게 이야기해주었다. 덕분에 긴장도 풀리며 이런저런 얘기를 할 수 있었다. 한참을 통화한 후, 차후 다시 연락을 주겠다는 말을 마지막으로 통화를 마쳤다. 윤경은 느낌이 좋았다. 조만간 다시 연락이 와 면접 날짜를 말해줄 것으로 기대했다.

하지만 몇 날, 며칠이 지나도록 인사담당자에게 연락이 없었다. 먼저 연락을 해볼까 하는 생각도 들었지만, 너무 없어 보이는 것 같아 계속 주춤했다. 그러던 중 취업포털사이트를 보다가 지원했던 회사의 인원 TO가 충원되어 채용이 마감된 것을 확인할 수 있었다.

윤경은 크게 실망했다. 통화할 때 분위기가 좋아 분명 합격할 수 있으리라, 이번에는 좋은 결과가 있으리라 기대했기 때문이다. 큰 충격에 빠진 윤경은 취업을 포기할까 하는 생각마저 들기 시작했다.

윤경은 왜 이런 결과를 맞이하게 되었을까? 바로 윤경이 인사담당자의 함정에 보기 좋게 걸려든 탓이다. 인사담당자의 친절에 자신의 단점과 허점을 모두 드러내 보인 것이 큰 실수이자 실책이었다.

윤경은 인사담당자와의 통화에서 그만 인사담당자의 친절에 경계를 풀고 말았고, 마치 친한 친구에게 넋두리하듯 자신의 상황을 전부 말해버리고 말았다. 육아에 대한 고충, 아이를 어린이집에서 데리고 와야 해서 출퇴근 시간이 자유롭지 못한 점, 자신이 쉽게 감기에 걸린다거나 피로를 금방 느낀다는 점 등 자신의 단점을 털어놓고 말았던 것이다. 인사담당자가 호응하며 모두 받아주었기에 윤경은 거침없이 물어보지도 않은 부분까지 자진해서 털어놓았다. 그가 자신의 입장을 이해하고 도와줄 것으로 믿으며 말이다.

이것은 큰 착각이자 속임수였다. 인사담당자는 전화로든 면접으로든 그렇게 하라고 교육을 받은 존재다. 인사담당자가 원래 친절하고 이해해주는 성격을 지닌 것이 아니라, 그 자리가 그렇게 하는 자리인 것이다. 그래야 지원자가 편하게 있는 그대로 이야기할 수 있으며, 윤경처럼 자신의 단점까지도 얘기하기 때문이다.

이렇게 인사담당자가 교육을 받는 이유는 일차적으로 적임자를 골라내기 위해서다. 다시 말해 인사담당자의 친절은 2차 면접으로 갈 사람을 골라내기 위한 달콤한 함정이란 뜻이다. 윤경은 바로 그 인사담당자의 달콤한 함정에 걸려들고 만 것이다.

인사담당자가 친절하다고 해서 착각하면 안 된다. 인사담당자는 당신의 편이 아니다. 철저히 기업의 편이며, 기업의 사람이다. 기업에서 자신의 역할을 하는 직원일 뿐이다. 회사에 지원한 당신과는 철저한 비즈니스 관계로 연결된 사람이며, 비즈니스를 위해 당신에게 친절을 내보이는 것뿐이다. 인사담당자에게 당신은 업무 중 하나일 뿐이다. 당신과 의리를 지켜야 할 그 어떤 의무도, 필요성도 없다. 급여를 주는 곳은 기업이지 당신이 아니기 때문이다. 철저히 비즈니스로 엮인 관계에서 의리는 그에 맞는 급여를 지급하느냐, 그렇지 않으냐로 가려진다.

인사담당자의 친절은 기업에서 주는 급여에서 시작된다. 그 친절로 지원자의 일차적 인성을 판가름하고, 문제가 될 만한 소지는 없는지를 가려낸다. 인사담당자의 역할은 1차 제거에 있다. 적합한 사람을 뽑는 것이 아닌, 문제가 될 만한 사람을 기려내고 제거하는 것에 목적이 있다. 그리고 그 제거를 위해 사용하는 것이 바로 친절이다.

윤경은 보기 좋게 그 친절에 속고 말았다. 인사담당자의 친절에 마치 그가 내 편인 것처럼 믿으며 자신의 속내를 드러냈고, 그 결과 1차 제거 대상에 포함되고 말았다.

물론 인사담당자가 윤경의 이야기에 진심으로 공감하고 처지를 이해했을 수도 있다. 하지만 인사담당자는 공과 사를 구별해 공적으로 그녀를 회사에 추천하여 2차 면접으로 보내지는 않았다. 그것은 자신의 역할에 반하는 행동이고, 차후 자신의 입지에도 문제가 생길지 모르기 때문이다.

어느 누가 처음 통화한 지원자의 사정을 위해 자신의 입지까지 걸어가며 의리를 지키려 하겠는가! 당신이 인사담당자라면 어떤 선택을 하겠는가? 자신이 추천한 사람이 채용되었는데 그 사람이 입사하자마자 문제를 일으킨다고 생각하면 결코 그렇게 하지 않을 것이다.

인사담당자와 이야기를 나눌 때는 그가 던지는 대화의 소재에 끌려가지 않는 것이 중요하다. 인사담당자는 회사 입장에서 채용에 문제가 될 만한 요소들에 대한 이야기를 꺼낸다. 자신이 요즘 어디가 아프다거나, 자신의 자녀에 관한 이야기를 먼저 꺼내면서 지원자들의 건강과 자녀에 관한 이야기를 꺼내도록 유도한다. 마치 미끼를 던지듯이 말이다.

인사담당자와의 대화는 고해의 장이 되어선 안 된다. 그들의 말에 현혹되어선 안 된다. 결코 자신의 사적인 문제나 상황을 공개해서는 안 된다. 누구에게나 개인적인 문제는 있고, 어려움은 있다. 하지만 이런 것들은 모두 말 그대로 개인적인 문제일 뿐이다. 취업에 연결해서는 안 된다. 이러한 다양한 개인적인 문제들을 이해해주며 나를 고용해달라고 해서는 안 된다. 그런 봉사를 하는 회사는 어디에도 없으며, 굳이 그런 사람을 채용하는 회사도 존재하지 않는다. 자신의 상황을 이해해달라며 말하는 것은 자신을 떨어뜨리라고 요청하는 것과 마찬가지이다.

모든 인사담당자가 친절한 것은 아니다. 하지만 모든 인사담당자가 기업의 편인 건 분명하다. 기업에서 급여를 받기 때문이다.

인사담당자와 대화를 나눌 때는 그들의 이야기에 공감은 하되 자신의 이야기로 엮어가지 마라. 당신은 당신 스스로 2차 면접으로 향할 자세를 취해야 한다. 인사담당자가 그것을 돕지 않는다. 오히려 당신을 제거할 목적을 가진 적일 뿐이다. 스스로 자신을 어필해야 한다.

인사담당자는 자신의 역할을 충실히 할 뿐이다. 인사담당자를 결코 부정하거나 비판해서는 안 된다. 당신이 취업해 기업의 인사를 담당하게 된다 하더라도 똑같이 할 테니 말이다. 단지, 취업에 성공할 때까지 기업의 모든 사람은 당신에게서 문제점을 찾으려 한다는 점만 기억하자. 내 편인 듯, 내 편 아닌, 내 편 같은 너~ 바로 인사담당자이다.

블루오션 VS 레드오션

경영학 용어로 경쟁자가 많은 시장을 레드오션이라 부르고, 경쟁자가 아직 별로 없는 시장을 블루오션이라 부른다. 이 용어는 사람이 밀집된 바다는 붉은색으로 보이고, 사람의 발길이 거의 닿지 않은 바다는 푸르게 보이는 것에서 유래되었다. 이 블루오션과 레드오션의 단어는 상당히 많은 곳에서 쓰이는데 취업 시장에서도 빠지지 않고 등장한다.

취업 쪽에서의 레드오션은 대부분 어학, 자격증, 편입, 취업 아카데미 쪽이라 할 수 있다. 오로지 스펙으로 승부하는 요소로 레드오션을 형성하고 있다. 이러한 곳에서는 다양한 정보와 자료를 찾을 수 있고, 필요한 스펙을 쌓을 수 있어 유리하지만 접하는 정보와 자료가 정확하지만은 않다는 데 함정이 있다.

학원이나 관련 경영자는 있는 그대로의 정보보다는 개인의 이익을 위한 정보를 공개하는 것이 일반적이다. 그들은 수강생들이 학원에 다녀야 할 이유가 되는 정보만을 공개하곤 한다. 현실적으로 어학이나 자격증이 취업에 비중이 크지 않아도, 학원이나 경영자는 이를 부풀린다. 자격증이 없으면 안 될 것처럼, 어학이 되지 않으면 취업은 엄두도 내지 말라는 것처럼 말이다. 그래야만 위기감을 느낀 취준생들의 문의가 들어오고, 수강생들도 늘어나 원활한 운영이 가능해지기 때문이다.

서류 심사나 면접에서 지원자들에게 등급을 나누는 경우가 종종 있는데 이는 결코 스펙만으로 결정되지 않는다. 명확한 목표와 방향성, 그리고 인성적인 부분까지 종합하여 나뉘는 것이지 결코 스펙만으로 나뉘는 것이 아니다. 기업은 오히려 스펙을 불신하는 경향이 있다. 어학 자격증이 있어도 회화 능력을 의심하고, 관련 자격증이 있어도 실무적인 부분을 의심한다. 마치 운전면허증 1종 보통을 갖고 있어도 수동 차량 운전이 가능한지 의심하는 것처럼 말이다.

오로지 스펙만으로 승부를 보려고 하면 면접관은 이제 진위 여부에 관해서만 관심을 두기 시작한다. 의심하고 캐내려 한다. 학점도 좋고 어학 점수도 높은데 과연 우리 회사에만 지원했을까? 경력을 쌓기 위한 용도로 지원한 건 아닐까? 만점에 가까운 이 학점은 오히려 부자연스럽다. 이런 생각으로 의심하고 추궁한다.

면접관의 의심을 피해 나간다 하더라도 이런 사람은 똑같이 본인처럼 스펙으로 무장한 다른 지원자와 철저히 비교된다. 그것은 오로지 스펙만으로 승부를 보았기 때문에 오로지 스펙만으로 비교하고 경쟁하게 되는 것이다. 그리고 상대적인 비교도 너무나 확연히 드러난다. 학점 차이, 어학 점수 차이, 자격증 차이가 너무나 선명하게 드러난다.

이것은 사람이 가득한 바다 안에서 수영할 때 몇 미터 가지도 못하고 사람들과 부딪히는 것과 같다.

하지만 이 레드오션에서 벗어나 블루오션을 선택하는 사람들이 있다. 블루오션의 대표적인 것이 바로 기업 친화적 콘텐츠 시장인데 그 대표적인 예들이 이것이다.

성실(faithful)	리더십(leadership)
조직력(teamwork)	융합(convergence)
동기부여(motivation)	열정(enthusiasm)
책임감(responsibility)	다문화(multi-cultural)
세계화(globalization)	혁신(innovation)
도전(challenge)	매력(charm)
발표력(presentation)	문제 해결(problem solving)

모두가 스펙에 관해서만 말할 때, 누군가 이와 같은 콘텐츠에 대해 주도적으로 이야기하기 시작한다면 인사담당자들은 그쪽으로 눈이 갈 수밖에 없다. 서류상으로 누구에게나 있는 스펙보다, 서류상 한 가지 방향성을 띠는 쪽이 더 좋은 결과를 가져올 수 있다. 예를 들면, 학벌과 학점이 좋고, 어학 점수도 높으며, 추천장까지 받은 지원자보다, 학점은 낮은데 자신이 좋아하고 관심 있어 하는 과목의 점수가 항상 높았고 그것

과 관련된 어학점수와 관련된 경험 등에 대한 이야기가 있는 지원자가 더 눈에 띌 수 있다. 하나에 관한 열정과 경험이 오히려 이목을 집중시키는 것이다.

하지만 어설프게 블루오션을 택해서는 안 된다. 기업 친화적인 콘텐츠인 만큼 질문이 디테일해지고, 관련된 질문이 이어진다. 수박 겉핥기식으로 접근했다가는 금방 바닥이 드러나고 만다.

게다가 기업마다 강조하는 기업 친화적 콘텐츠가 다르므로 사전 정보를 반드시 숙지해야 한다. 지원한 기업은 조직력을 강조하는 회사인데 자신은 기존의 조직력을 뒤엎는 혁신적인 발상을 드러낸다면 오히려 역효과 나기에 십상이다. 지원하는 곳과 맞는 코드로 접근해야 진정한 블루오션이 빛을 발한다.

레드오션이든, 블루오션이든 각자의 장단점은 분명 있다. 레드오션이 될 만큼 사람들이 차는 것에는 그만한 매력과 이유가 있다. 블루오션은 선점할 수 있고 눈에 띈다는 장점은 있지만, 개척해 나가야 하는 힘든 점도 있다.

그 둘의 장단점을 잘 분석해 자신에게 맞는 길을 선택하는 것이 중요하다. 자신이 내학생일 때부터 학점 관리를 잘해오면서 꾸준한 스펙을 쌓아왔다면 레드오션을, 그렇지 않고 자신이 좋아하는 것 위주로 경험을 쌓아왔다면 블루오션을 노리는 것이 더 유리하다.

취업은 취업을 원하는 모든 이들이 반드시 같은 곳을 바라보고, 같은 길에서 경쟁해야 하는 것이 아니다. 각자 자신에게 맞는 길을 찾고, 그

길에서 자신이 가진 것으로 경쟁하고 함께 성장해 나가는 것이다. 토끼와 거북이가 육지에서 달리기 시합을 하면 토끼가 유리하겠지만, 물에서 수영 시합을 하면 거북이가 유리한 것처럼. 토끼의 성향을 가진 지원자는 육지를 찾아야 하고, 거북이의 성향을 가진 지원자는 물가를 찾아야 한다.

하지만 토끼로 가득한 육지에서도 거북이 지원자가 승리를 거머쥐는 경우도 있으며, 물에서도 토끼 지원자가 승리를 거머쥐는 경우가 있다. 이것이 레드오션을 선택했느냐, 블루오션을 선택했느냐의 판가름인 것이다.

어디에든 길은 있다. 어두운 방 안에서 누군가 어둠만을 느낄 때, 누군가는 한 줄기 빛을 찾아내듯이 말이다. 어디에 어떤 식으로 지원하든, 자신에게 맞는, 자신만의 길을 찾아낸다면 반드시 승리할 수 있다. 그 어느 곳에서라도 말이다.

지금 당신이 뛰어들어가고 싶은 바다는 어떤 곳인가? 그 바다가 어디이든 분명 푸르고 기분 좋은 시원함을 선물할 것이다.

3장 성공 마인드:
긍정의 힘과 목표 설정

SECTION 12

생각 뒤집기

혹 이 책을 접하기 전, 이미 많은 이력서를 넣었고, 많은 면접을 봤지만 절망적인 결과를 얻었다면 이번 장을 천천히 읽고 잠시 생각에 잠겨보길 바란다.

지금까지 당신은 손을 꼽아가며 실패의 횟수를 세며 낙담했을지도 모른다. 하지만 당신이 꼽은 그 실패의 횟수는 사실 당신이 성공의 자리까지 걸어간 걸음 수라는 걸 깨달아야 한다. 당신이 취업에 실패할 때마다 컵에 물을 한 숟가락씩 넣는다고 생각해보자. 당신이 꽤나 써온 이력서와 면접의 횟수만큼 컵에 물은 차게 된다. 그리고 어느덧 컵에 물이 반 정도 채워진다.

여기서 흔히 말하는 이 대사를 써 보자.

당신은 "물이 벌써 반이나 담겼네!" 라고 할 것인가? "물이 아직 반밖에 담기지 않았네!"라고 말할 것인가!

그렇다. 당신의 예상대로 이 장에서는 물이 '반밖에'로 볼 것인가 '반이나'로 볼 것이냐 하는 생각의 차이에 대해 말할 것이다. 50번의 실패로만 볼 것인가, 100번째 성공을 향한 걸음으로 보고 아직 50번밖에의 실패로 볼 것이냐에 따라 당신의 태도와 감정 상태는 180도로 바뀐다.

하나 더 말하자면, 컵은 당신이 실패할 때마다 물로 채워질 것이고, 결국 컵 안에 가득 차게 된 물은 어느 날, 성공에 목말라 있던 당신의 갈증을 시원하게 적셔줄 것이다. 당신이 한두 번의 실패 뒤에 성공했다면, 그리하여 채워질 물도 없고 갈증도 채 느끼지 못했다면 당신은 그 시원하고 달콤한 물맛을 느껴보지 못할 것이다.

최고의 반찬이 허기인 것처럼, 성공에 목마를수록 그 달콤함은 극대화된다. 그러니 지금의 실패에 절망하고 좌절하기보다, 더 큰 성공이 기다리고 있음을 기대하며 더 자신을 다독이고 열정적인 자세를 가져야 한다.

생각은 고정되어 있지 않고, 스스로 변화한다. 지금 바라보는 현실이 부정적일 수밖에 없고, 긍정적으로 바라보기에 두렵고 불안한 것이 많더라도 의도적인 훈련과 자기 최면으로 충분히 바꿀 수 있다. 그 무엇에서라도 긍정적 측면을 볼 수 있다.

부정적으로 바라보는 사람은 새가 우는 소리를 듣고 "새가 우네. 내 인생도 종쳤어. 모든 게 끝났어."라고 말하지만, 긍정적 측면으로 바라보는 습관이 되어 있는 사람은 "새가 노래하네? 그래, 성공한 사람들은 모두 이런 시기를 겪었어. 나 역시 성공을 위한 수업을 한 거야. 지금부터가 시작이야!"라고 말한다.

이 결과의 차이는 엄청나다. 사소한 생각의 차이가 엄청난 인생의 차이로 발전한다. 바로 지금 이 순간부터 당신의 생각을 바꾸어야 한다. 성공한 수많은 사람이 항상 긍정을 말한 것을 잊지 말아야 한다. 그것 때문에 안 된다고 여긴 것은 그것 때문에 성공할 수 있고, 그것만 해결하면 모든 일이 이루어질 수 있다고 여긴다면 더욱 성공에 가까워질 것이다.

여기 어떤 요소도 긍정적으로 바라보던 사람의 재미있는 일화가 있다.

몇 년 전, 강원도 횡성에 7천 600평의 산이 임야 경매로 나왔다. 경매에 나온 산은 감정가 3억 5천만 원에서 시작했지만, 계속된 유찰로 7천만 원까지 하락하고 말았다. 이 산이 이렇게 값이 하락하게 된 것에는 그럴만한 이유가 있었는데 그것은 이 산이 돌산이라 아무것도 지을 수 없기 때문이었다. 한 마디로 누가 보더라도 쓸모없는 산이었다. 덕분에 하나같이 그 산을 매입하는 것에 부정적이었다.

그런데 그때 한 남자가 등장했다. 그는 산이 유찰되고 있는 이유를 듣게 되었고, 바로 군청으로 향했다. 군청으로 향한 그는 군청 직원에서 이렇게 물었다.

"이 지역의 돌을 캐서 다른 지역에 팔아도 되나요?"

군청 직원의 대답은 긍정적이었다.

"자연석 반출은 문제가 되지 않습니다."

그는 웃으며 군청에서 나왔고, 그 길로 바로 그 돌산을 7천 450만 원에 낙찰받았다.

돌산을 매입한 그는 바로 트럭 100대분의 돌을 채석하기 시작했고, 그 돌을 팔아 5천만 원 정도의 수입을 만들어냈다. 사실상 돌을 판 것만으로 돌산 매입에 쓴 돈을 거의 채운 것이었다.

하지만 거기서 끝나지 않았다. 돌산이었던 산에 돌을 다 치우고 나니 돌산은 집을 짓기 적당한 땅으로 변모하였고, 돌산이었던 산은 전원주택부지로 변신하게 되었다. 돌산이 전원주택부지로 변신하면서 평당 1만 원 정도였던 땅값은 평당 15만 원 정도가 되었고, 7천 450만 원에 매입한 돌산은 총 11억 4천만 원으로 땅값이 10배 이상 오른 것이었다.

이 돌산을 낙찰받은 주인공은 부동산 전문가도 아니었으며, 전문 땅 투자자도 아니었다. 그저 다른 사람들과 똑같은 정보를 접한 평범한 사람이었을 뿐이었다. 하지만 그는 모두가 "저 돌 때문에 안 되겠네."라는 부정적인 생각을 하고 있을 때, "저 돌이 오히려 돈이 될 수도 있겠는데."라는 긍정적인 생각으로 이런 놀라운 결과를 만들어낸 것이다.

세상의 그 무엇에도, 그 어떤 사건에도 긍정적 측면이 숨어 있다. 당신이 그것을 찾아낼 수 있느냐 없느냐의 차이일 뿐, 언제 어디서도 긍정은 찾아낼 수 있다.

성공한 사람들은, 운이 좋은 사람들은 이것을 잘 알고 있다. 그 어떤 상황에서도 긍정적 측면을 찾아내려고 한다. 그들은 언제 어디서 누구와 무엇을 하든, 어떤 일이 일어났든 배울 것이 있고 얻을 것이 있다는 점을 알고 있다.

수백 번의 이력서를 썼는가? 수십 번의 면접을 봤는가? 그리고 그것에서 수많은 좌절을 느꼈는가?

이제 그 모든 사건을 다르게 볼 시간이다. 생각을 뒤집을 시간이다. 백 번의 실패를 맛보았다면 백 번의 경험과 노하우를 쌓은 것이다. 백 번의 상처를 받았다면, 백 가지의 면역이 생긴 것이다. 마치 성공 적립 마일리지를 쌓는 것처럼 말이다.

지금까지 지겨울 정도로 '긍정'에 대한 이야기를 들어왔을 것이다. 어느 강사의 강연에서, 어느 작가의 책에서, 어느 교수의 수업에서 지겹게 모든 걸 긍정적으로 바라보란 말을 들어왔을 것이다. 그래서 오히려 반발이 일었을 수도 있다.

하지만 왜 그 오랜 시간 동안 수많은 사람이 긍정을 이야기해왔는지 생각해본 적 있는가? 그것은 그 누구에게도, 그 무엇에도 어김없이 적용되는 법칙이기 때문이다. 긍정적 태도가 가져 오는 결과의 법칙 말이다. 수많은 사람이 그 오랜 시간 동안 말해온 데는 분명한 이유가 있다.

이제 오기와 고집은 접어두고 모든 걸 긍정적으로 바라보자. 모든 부정적 인식을 뒤집어 긍정적 측면을 찾아보자. 그리고 무엇이 변화되어 가는지 지켜보도록 하자. 그 결과를 함께 설레는 마음으로 기대해보자!

기업이 원하는 셀프 리더십

기업에서 가장 많이 요청하는 강의 중 하나가 바로 '리더십'에 관한 것이다. 리더십은 오랜 시간 기업에서 원한 인재의 요건이다. 그렇다면 리더십이란 무엇을 말하는 것일까?

리더십은 어떤 집단이나 모임, 조직의 구성원 사이에서 리더로서의 통솔력과 자질을 발휘하는 능력을 뜻한다. 집단이나 조직에서 이러한 리더로서 인정받기 위해서는 다양한 능력과 태도를 갖추어야 하며, 조직원들에게 인기와 신뢰를 얻어야 한다. 어떤 조직이든 리더십을 갖춘 리더가 있다면 더 나은 성과를 낼 수 있기 때문에 조직 생활이 필수인 기업체에서는 좋은 리더를 양성하는 것이 무척 중요하다.

리더십에는 여러 가지 유형이 있는데, 레윈K. Lewin은 '집단 역학'을 통해 리더십 유형을 권위형, 민주형, 방임형의 세 가지로 구분했다.

권위형 리더십

| 조직원의 의견을 들으려 하지 않고, 조직의 목표, 운영방침과 상벌을 독단적으로 결정하고 직무수행 정보를 독점함으로써 조직원들이 자신에게 의존하게 한다. 모든 작업과 행동을 리더가 독단적으로 처리하기 때문에 결정권을 결코 넘겨주지 않는다. 이러한 리더는 독재라 불리며, 조직원들에게 불신과 적대감을 갖게 한다.

민주형 리더십

| 권력의 기초가 집단의 동의에 있고, 조직원과 리더 사이의 의사소통을 원활하게 하며, 의사결정에 조직원들의 참여를 촉진한다. 조직 운영의 목표와 방침을 리더의 조언에 따른 집단 토의 형식에 기초하여 결정하며, 업적이나 상벌을 객관적 자료에 근거해 결정한다. 이러한 리더는 조직원 간의 화합과 협동이 잘 이루어지게 하는 장점이 있다.

방임형 리더십

| 조직원들의 자유행동을 극단적으로 허용하는 유형이다. 리더가 방임적 행태를 보일 경우 리더는 명목상으로만 존재하게 되며, 또한 의사결정에도 관여하지 않고, 전적으로 수동적 태도를 보인다. 리더는 그저 국외자로서 행동하기 때문에 실질적으로는 리더가 없는 것처럼 보인다. 이러한 리더는 조직원 간의 화합이 잘되지 않는

경우 큰 혼란을 가져온다.

리더십은 이렇게 크게 세 가지 유형으로 구분되는데 조직원 중 리더의 자질을 갖춘 사람은 이 중 한 가지 스타일의 리더로 양성되곤 한다.

하지만 이제는 리더의 자질을 갖춘 사람을 선정해 조직원을 통솔하기를 바라기보다, 조직원 한 사람, 한 사람이 자체 리더십을 갖고 적극적으로 행동하길 바라는 '셀프 리더십'을 요구하고 있다.

리더의 성향에 맞게 움직이는 수동적인 조직원이 아니라, 자기 변화를 기본으로 함으로써 팀에 변화를 이끌어내고, 회사 전체의 변화도 이끌어내는 인재를 요구하는 것이다. 이것은 아무리 훌륭한 리더라 하더라도 자신 스스로 움직일 의지가 없는 조직원에게는 최선의 선택이나 행동을 꾀할 수 없기 때문이다.

그렇기에 다른 사람을 효과적으로 리드하기 위해서 먼저 자신을 리드할 줄 아는 '셀프 리더십'을 요구한다. '셀프 리더십'은 결국 자기 자신이 스스로에게 어떠한 영향을 지속적으로 끼치는 과정이다. 자신이 어떤 목표를 달성하는 데 있어 스스로 얼마나 동기를 부여할 수 있는지, 자신을 독려해 자신의 힘을 얼마나 이끌어낼 수 있는지를 본다. 즉 자발적이고, 자율적인 자기 경영의 다른 이름이다.

셀프 리더십을 키우는 5가지 방법

자기 성찰

| 셀프 리더십을 키우기 위해서는 가장 먼저 현재의 내가 누구이며, 앞으로 무엇이 될 지 끊임없이 자신에게 물음을 던지는 것이 필요하다. 이러한 물음은 현재 자신에게 무엇이 부족하고, 무엇을 원하는지, 현재 자신이 어디쯤 와 있는지를 파악하는 가장 쉽고 간단한 방법이다. 현재의 자신을 제대로 아는 것에서부터 셀프 리더십은 시작되므로 자기 성찰을 위한 노력이 필요하다.

비전과 목표 설정

| 자신이 스스로 정한 비전과 체계적으로 설정한 목표만이 자신의 행동에 직접적이고 긍정적인 영향을 미친다. 이때 단기 목표와

장기 목표를 함께 제시할 필요가 있는데, 단기 목표가 최대의 효과를 얻기 위해서는 반드시 이와 상통하는 장기 목표와 일치해야만 한다. 목표가 구체적이고 도전적일 때 더욱 효과적으로 자신의 행동을 관리할 수 있다.

자기 보상

| 자신을 성취로 이끄는 가장 강력한 방법 하나가 바로 자기 보상이다. 우리는 바람직한 행동에 대해 스스로 보상(물질적, 정신적)을 함으로써 다음에 이어지는 행동에 영향을 주게 된다. 큰 것이든 작은 것이든 성취에 의한 보상은 자신을 더 독려하고 열정적이게 만든다.

긍정적 사고와 셀프 토크

| 긍정적 사고는 자신의 삶을 좋은 방향으로 개선할 수 있도록 도와준다. 어떤 상황에서든 긍정적 사고를 하는 이와 부정적 사고를 하는 이의 차이점은 분명하게 드러난다. 언제나 긍정적 사고를 유지하는 것은 같은 상황이라도 좋은 결과로 이끌어준다.

셀프 토크Self-talk는 자신에게 거는 최면이자 예언이다. 매일매일 자신에게 말하는 것은 현실로 나타나게 마련이다. 긍정적 사고로 긍정적 셀프 토크를 해야 한다. 부정적 셀프 토크는 당신의 목적 달성과 자신에 대한 호의를 방해할 뿐이다.

| 우리가 하는 대부분 일은 혼자 하는 일이 아니다. 목적을 성취하기 위해서는 다른 사람들과 함께 일을 해야만 한다. 학교에서든 직장에서든 독립된 개인이 아니라 대부분 조직으로 함께 일하는데 이러한 작업 환경은 전체 작업장의 40~50퍼센트를 차지하고 있다. 조직 성공의 핵심은 바로 시너지 창조이다. 시너지란, 조직 구성원이 개인적으로 행동할 때 할 수 있는 것보다 함께 함으로써 더 많은 것을 성취할 수 있는 조건을 말한다.

'TEAM'은 'Together Everyone, Achieve More'의 약자인데 그 어떤 말보다 이러한 것을 잘 표현해주고 있다.

우리는 언제나 끝없는 내적 갈등 속에서 살아간다. 무슨 일을 하든, 어떤 상황을 맞이하든 "넌 할 수 있어, 잘하고 있어, 힘내자!" 이런 마음과 "포기해, 그냥 하지 말자. 그만둬!" 이런 마음 사이에서 헤매고 있다. 이건 특정 인물에게만 나타나는 특별한 상태가 아니다. 우리 모두 이런 갈등 속에서 살아간다.

하지만 과업을 이루는 사람은 언제나 자신을 독려하여 긍정적 선택을 한다. 우리가 선택한 것을 이루기 위해서는 희생을 감수하더라도 도전에 직면해야 할 때가 있으며, 필요한 행동을 할 필요가 있다.

준비하는 사람에게 위기는 기회이다. 그것을 위기로만 볼 것인지, 기회로 보며 도전할 것인지는 스스로의 몫이다. 자신을 믿어라. 자신을 키워라. 자신을 바꾸면 세상도 바뀐다. 우리는 모두 이 세상을 변화시킬 능력을 갖추고 있다. 그리고 이제 세상이 그 능력을 요구하고 있다. 바로 '셀프 리더십'으로 말이다. 이제 당신이 차세대 리더가 될 차례다.

목표 설정과 관리

작심삼일作心三日, 결심한 마음이 사흘을 채 넘기지 못한다는 뜻이다. 한 취업포털사이트에서 성인 남녀 2,275명을 대상으로 '새해 다짐'을 조사해본 결과, 전체 응답자 중 약 63퍼센트가 새해 다짐이 3개월도 가지 못한다고 답했다. 심지어 1개월도 넘기지 못하고 결심이 무너진다는 대답을 한 응답자도 25.2퍼센트 정도였다.

이렇듯 목표를 설정하고 그 목표를 관리해 나가기는 쉽지 않다. 많은 사람이 목표를 제대로 유지해나가지 못하며, 어려워한다.

그렇다면 왜 스스로 정한 목표를 제대로 지켜나가지 못하는 것일까? 이유는 다양하지만 현재 나의 상황에 맞지 않는 무리한 목표 설정이 가장 큰 이유이다.

세계적인 자기계발 전문가인 브라이언 트레이시Brain Tracy는 자신의 저서 《한 가지로 승부하라》에서 효과적인 목표 설정 단계를 7단계로 나눠 설명했다.

■ 브라이언 트레이시 목표 성취 7단계

1. 자신이 원하는 것이 무엇인지를 명확하게 결정하라.

2. 그것을 종이에 적어 구체적으로 문서화하라.(문서화되지 않은 목표는 환상에 지나지 않는다.)

3. 목표를 달성할 데드라인(Dead Line)을 정하라.

4. 목표를 달성하기 위해 해야 할 모든 것을 정리하여 리스트로 만들어라.

5. 리스트 항목들의 중요도와 연속성을 기준으로 우선순위를 설정하라.

6. 우선순위까지 세워졌다면 즉시 실천하여 목표 달성에 착수하라.

7. 아주 짧게라도 매일 우선순위를 실행하여 습관화하라.

브라이언 트레이시는 자신의 목표를 꼭 문서로 작성하라고 강조했다. 이것은 예일대에서 실시한 한 실험을 통해서도 잘 알 수 있다.

1953년, 예일대 연구팀은 졸업반 학생들을 대상으로 종이에 삶의 목표를 적어 놓은 학생이 어느 정도 되는지 조사했는데, 3퍼센트 정도의 학생들만이 이에 해당하였다. 그 후 20년이 지난 1973년 추적조사를 시작했다. 각계에서 열심히 일하는 사람이 대부분이었지만, 놀랍게도 글로 쓴 삶의 목표를 가지고 있던 3퍼센트 사람들은 모두 자신의 목표를 이루었을 뿐만 아니라, 나머지 97퍼센트 사람들의 재산보다 10배 이상의 부를 축적하여 살고 있었다.

글로 쓴 그들의 목표가 목표뿐만 아니라, 더 큰 것까지 이루어준 것이다. 이를 보더라도 목표를 왜 글로 꼭 쓰라고 하는지 충분히 짐작할 수 있다.

세계적인 경영학자인 피터 드러커Peter Ferdinand Drucker 역시 목표의 중요성에 대해 강조했다. 그는 SMART 목표 설정 기법에 대해 말했는데, 원래 이 기법은 기업 경영자가 기업의 목표를 세우거나, HRMHuman Resource Management, 인적자원관리에 적용하는 것이었지만, 현재는 개인의 목표 설정과 관리에도 널리 쓰인다.

■ 피터 드러커의 SMART 목표 설정 기법

S   Specific. 목표를 설정할 때는 구체적이어야 한다.

M   Measurable. 수치로 측정할 수 있어야 한다.

A   Achievable. 자신의 현재 상황을 파악하여 실현 가능한 목표를 세워야 한다.

R   Realistic. 목표는 현실적이고 타당한 것이어야 한다.

T   Time based(limited). 구체적인 마감 시한을 정해야 한다.

브라이언 트레이시의 7단계 방법이나 피터 드러커의 SMART 기법이나 내용은 비슷하다. 목표는 구체적이어야 하며, 현실 타당한 것이어야 한다. 그리고 목표를 이룰 기한을 정해두라는 것이다.

 눈치챘을지 모르겠지만, 목표를 설정하고 관리하는 것에서 가장 중요한 것은 실현 가능한 것이어야 한다는 점이다. 지금 자신의 통장 잔고가 10만 원밖에 되지 않는데 이달 안으로 외제차를 사겠다는 식의 목표 설정으로는 아무것도 이룰 수 없다.

 또한, 목표는 설정하는 것도 중요하지만, 목표를 '왜' 정하느냐도 중요한 요소가 된다. 목표에 대한 이유가 있어야 한다. 그 이유가 분명하지 않으면 모든 목표는 작심삼일이 되기에 십상이다. 어떤 일이든 동기부여가 있어야 원동력이 될 수 있으며, 촉진제가 될 수 있다. 목표 설정을 할 때는 분명한 이유가 있어야 한다.

 목표를 설정하는 것은 사람의 집중력, 즉 몰입할 수 있는 시간이 한정되어 있기 때문이다. 하루 24시간을 모두 목표한 것만 생각하고 있을 수는 없지만 가능한 한 그 시간이 통일성을 띠게 하는 것이 중요하다. 당신이 목표하는 일과 전혀 상관없는 일을 하는 것과 목표하는 일과 연관된 일을 하며 시간을 보내는 것은 시간이 흐를수록 큰 차이를 가져온다. 쉽게 말하자면 쓸데없는 시간 낭비를 하지 않게 된다는 것이다.

 페이스북의 창립자인 마크 주커버그는 항상 같은 옷을 입는데 그 이유를 그는 이렇게 말했다.

 "항상 페이스북에 집중하고 싶기 때문에, 옷을 고르는 데 에너지와 시간을 소비하고 싶지 않았다."

 구체적이고 현실 가능한 목표 설정은 우리의 삶에 윤활유가 되어준다. 삶을 의욕적으로 만들어주고, 열정적이게 만들어 준다. 할 수 있다는 자신감과 긍정적인 에너지로 우리를 채워준다.

하지만 작심삼일로 끝나는 목표는 오히려 역효과를 불러일으킨다. 자존감을 떨어뜨리고, 실망감을 주어 의욕을 저하한다. 그렇기 때문에 목표를 설정하는 것 이상 관리하는 것도 중요하다. 늘 자신을 점검하고, 설정한 목표에 맞게 실천하고 있는가를 점검, 관리하는 것이 중요하다.

목표하는 것은 모두 이루어질 수 없을지도 모른다. 하지만 늘 현실 가능한 목표를 세우고 그 목표를 하나씩 이루어 나갈 때 비소로 자신이 원하던 성공의 모습이 보이기 시작한다.

목표를 세워라. 지금 당장 자신이 할 수 있는 목표를 말이다. 그리고 작은 목표에서부터 하나씩 이루어 나갈 때마다 자신의 꿈에 한 발자국씩 다가가고 있음을 믿어라.

기억하라, 성공한 사람들은 모두 그렇게 시작했음을.

SECTION 16

'지금' 활용법

인생에는 중요한 세 가지 금이 있다.

예전이나 지금이나 '황금'은 무척 귀했고, 중세기에는 '소금'이 중요했다. 한 예로 폴란드에서는 소금광산에서 채굴한 암염이 폴란드 왕국의 가장 중요한 수입원 구실을 했다. 하지만 그 황금, 소금보다도 더 중요한 것이 바로 '지금'이다. 지금 이 순간을 어떻게 활용하느냐의 차이가 성공을 결정한다.

빌 게이츠가 마운틴휘트니 고등학교 학생들에게 해준 인생 충고 10가지를 보라.

1. 인생이란 원래 공평하지 못하다. 그런 현실에 불평할 생각하지 말

고 받아들여라.

2. 세상은 네 자신이 어떻게 생각하든 상관하지 않는다. 세상이 너희들한테 기대하는 것은 네가 스스로 만족하다고 느끼기 전에 무엇인가를 성취해서 보여줄 것을 기다리고 있다.

3. 대학교육을 받지 않는 상태에서 연봉이 4만 달러가 될 것이라고는 상상도 하지 말라.

4. 학교 선생님이 까다롭다고 생각되거든 사회 나와서 직장 상사의 진짜 까다로운 맛을 한 번 느껴봐라.

5. 햄버거 가게에서 일하는 것을 수치스럽게 생각하지 마라. 너희 할아버지는 그 일을 기회라고 생각하였다.

6. 네 인생을 네가 망치고 있으면서 부모 탓을 하지 마라. 불평만 일삼을 것이 아니라 잘못한 것에서 교훈을 얻어라.

7. 학교는 승자나 패자를 뚜렷이 가리지 않을지 모른다. 어떤 학교에서는 낙제제도를 아예 없애고 쉽게 가르치고 있다는 것을 잘 안다. 그러나 사회 현실은 이와 다르다는 것을 명심하라.

8. 인생은 학기처럼 구분되어 있지도 않고 여름 방학이란 것은 아예 없다. 네가 스스로 알아서 하지 않으면 직장에서는 가르쳐주지 않는다.

9. TV는 현실이 아니다. 현실에서는 커피를 마셨으면 일을 시작하는 것이 옳다.

10. 공부 밖에 할 줄 모르는 '바보'한테 잘 보여라. 사회 나온 다음에는 아마 그 '바보' 밑에서 일하게 될지 모른다.

연설한 내용 중 첫 번째로 이야기한 '인생이란 원래 공평하지 못하다. 그 현실에 대하여 불평할 생각하지 말고 받아 들여라' 라는 말을 다시 읽어보자.

불공평을 탓하기만 해서 무슨 의미가 있겠는가? 사회의 대부분이 불공평하다. 하지만 분명히 공평한 것이 하나 있는데, 그것은 누구에게나 하루 24시간, 똑같은 시간이 주어진다는 것이다.

하루 24시간을 어떻게 활용하느냐가 인생의 성공 여부를 결정한다. 일 년 계획, 반기 계획, 분기 계획, 월 계획, 주 계획, 일일 계획을 세우고, 일일 계획도 시간별로 구체화할 경우 실천 확률이 높아진다. 자신의 환경만을 탓하지 말고 주어진 환경을 긍정적 관점으로 바라보고 활용한다면 성공적인 삶을 살아갈 수 있다고 확신한다.

요즘 불금이란 말이 있다. 금요일 밤에는 열심히 놀자고 한다. 하지만 나는 '불금'이 주중 동안 힘차게 달려온 자가 자신을 칭찬하고, 주말을 준비하는 금요일 밤이었으면 한다. 주중에 열심히 일한 나 자신을 스스로 칭찬하면서 주말을 설계하면 한 주의 마무리도 뿌듯하고 의미 있고 활력 있게 다음 주를 설계할 수 있다. 다음 주 계획은 토요일, 일요일 중 하루는 가족과 하루는 친구, 동료 혹은 혼자 여행하면서 설계를 하면 더욱 효과적이다.

작년 한 해 나는 세 시간 이상 걸리는 등산을 73회 다녀왔다. 사이클 또한 자주 즐기는 운동인데 혼자서 한 주를 정리하고 다음 주를 설계하기에는 아주 적절한 운동이다. 아름다운 우리나라의 자연환경이 건전하고 멋진 아이디어를 제공해준다.

무슨 일을 하든 정성을 다해서 진실하게 접근해야 한다. 정성을 다한다는 말은 몰입Think hard한다는 말이다. 독수리가 토끼를 잡기 위해 시속 300km로 내려와서 토끼를 잡듯이 철저히 준비하는 과정이 반드시 선행되어야 한다.

이것이 꼭 어려운 것은 아니다. 작년 한 해 동안 수차례 자전거를 탔는데 여름에는 더위 때문에 아침 일찍 출발한다. 그때마다 느끼는 것은 새벽 5시부터 한강변에서 만날 수 있는 젊은 자전거 동호인들이 제법 많다는 점이다. 취미로 생각해서인지 아침잠 많은 젊은 세대들도 기꺼이 나온다. 이것처럼 취업 준비도 지속적으로 해나가려면 취미를 즐기듯 진정 내가 좋아하도록 스스로 사명감과 명분을 갖는 과정이 선행되어야 한다.

살아가는 데 가장 중요한 요인 중 하나는 긍정적인 마인드다. 긍정적인 마인드를 강조한 마쓰시다 고노스케가 한 말을 한 번 보자.

하느님이 주신 세 가지 은혜 덕분

첫째 집이 몹시 가난했기 때문에 어릴 적부터 구두닦이, 신문팔이를 하며 고생을 하는 사이에 세상을 살아가는 데 필요한 많은 경험을 쌓을 수 있었다.

둘째 태어났을 때부터 몸이 몹시 약해 항상 운동에 힘써왔기 때문에 늙어서도 건강하게 지낼 수 있게 되었다.

셋째 초등학교도 못 다녔기 때문에 세상의 모든 사람을 다 스승으로 여기고 누구에게나 물어가며 열심히 배우는 일에 게을리하지 않았다.

마쓰시타 고노스케는 직원들에게 수시로 "감옥과 수도원의 차이가 있다면 불평하느냐, 감사하느냐는 것뿐이다. 감옥이라도 감사를 하면 수도원이 될 수 있다."며 긍정적 사고를 견지할 것을 주문했다. 역경을 하늘이 내린 선물로 삼아 세계 최고의 리더로 성장한 데서 우러나는 비범함과 숙연함을 느끼는 대목이 아닐 수 없다.

개인이든 조직이든 역경은 당사자를 강하게 조련하기 위해 하늘이 내린 선물이다. 취업을 준비하는 과정이나 그 결과가 순풍에 돛을 단 듯 순조롭게만 진행된다면 스스로도 모르게 온실 속 화초가 되고 만다. 따라서 항상 모든 일이 순조롭기만 한 사람은 다르게 보면 불행한 사람이기도 하다.

지금 당신에게 주어진 것이 행운이든 불행이든 지금의 그것을 어떻게 여기고 받아들이냐에 따라 당신의 미래는 바뀌게 된다. 지금 주어진 당신의 가장 소중한 '금'을 이제 당신은 어떻게 바라보고 어떻게 쓸 것인가?

금방 지나가 버릴 가장 소중한 당신의 '지금'을 말이다.

자문자답의 성장

궁금증이 많은 사람은 남의 말을 열심히 듣고, 더 많은 질문을 던지고, 남들이 아는 것에 대해 진심으로 흥미를 나타낸다. 그들이 다루는 문제를 완벽하게 이해할 때까지 판단을 유보한다. 그들은 정보를 얻기 위해 남의 말을 듣는 것이지. 자신의 아이디어를 정당화하거나 확인하기 위해서 남의 말을 경청하는 것이 아니다.

질문을 많이 하라. 그러면 얻을 것이다. 문제는 무엇을, 어떻게 질문하는가를 연구하고 연습하는 것이다.

질문은 생각을 자극한다.

질문하면 정보를 얻는다.

질문은 마음을 열게 한다.

질문에 답을 함으로써, 스스로 설득이 된다.

발명왕 토머스 에디슨은 전구를 발명하기 위해 1,200번의 실패를 했다. 1,200번의 실패를 했다는 이야기는 스스로 1,200번의 질문과 생각을 했다는 뜻이다.

"어째서 기대했던 결과가 나오지 않았을까?"
"어떤 가설이 잘못되었을까?"
"그렇다면 어떻게 해야 할까?"

이런 수많은 질문과 생각 끝에 에디슨은 전구를 발명해냈다.
인류의 발전을 돌이켜보면 이러한 질문 없이 이루어진 것들은 아무것도 없다.

"새처럼 날 수 없을까?"
"왜 살까?"
"좀 더 편하게 살 수는 없을까?"
"물건을 잘 팔 방법은 없을까?"

이런 작은 질문에서부터 모든 것은 시작됐다. 마이클 블룸버그 뉴욕시장은 "질문하기를 주저하지 않는 사람만이 더 많은 것을 알게 되며,

질문 습관은 성공과 실패의 중요한 기준!"이라고 말했다.

미국의 커뮤니케이션 컨설턴트인 도로시 리즈 역시 《질문의 7가지 힘》이라는 책을 써 자문자답의 중요성에 대해 이야기했다. 도로시 리즈가 말한 질문의 7가지 힘은 무엇일까?

첫 번째 힘 • 질문하면 답이 나온다

| 사람들은 매일 수많은 조건반사를 경험한다. 뜨거운 걸 만지면 손을 움츠리고, 뒤에서 무슨 소리가 나면 돌아다본다.

대답도 마찬가지다. 무엇인가 질문을 던지는 순간 맞든 틀리든 응답이 나오게 되어 있다. 이같은 응답 반사는 오차의 확률을 줄여주는 기초다. 즉 질문을 거듭할수록 틀린 대답을 할 확률은 줄어드는 것이다. 그리고 정확한 대답을 얻기 위해서는 정확하게 질문해야 한다는 것도 깨닫게 해준다.

답에 대한 대전제는 질문이다. 좋은 질문에는 좋은 답이 나오기 마련이다. 그리고 끈질긴 질문에도 반드시 좋은 답이 나오게 되어 있다.

두 번째 힘 • 질문은 생각을 자극한다

| 회사에서 꾸중을 들었다고 치자. 우리는 질문을 시작한다.

"나는 왜 이 모양이지?", "저 상사는 왜 나에게 꾸중을 하지?" 등등. 그러한 생각은 "그렇다면 꾸중을 듣지 않으려면 어떻게 해야 할

까?"라는 쪽으로 발전한다. 곧이어 "내가 일을 제대로 이해하지 못했나?", "개선할 부분은 무엇일까?" 등 긍정적이고 구체적인 방향으로 발전하게 된다. 질문은 끊임없이 생각을 자극한다.

세 번째 힘 · 질문은 정보를 가져다준다

| 질문의 기본은 무엇을 알고자 하는 것에서 출발한다. 즉 내가 모르는 정보를 알려면 자기 자신에게든 남에게든 질문해야 한다. 질문은 정보를 얻는 가장 기본적인 수단이다. 좋은 질문은 좋은 대답을 가져다준다. 질문이 없다고 가정해보자. 세상을 흘러다니는 그 어떤 정보도 결코 내 것이 되지 못한다.

네 번째 힘 · 질문하면 통제가 된다

| 일이 산더미처럼 쌓여 짜증날 때면 질문을 해보자.

"지금이 정말 내가 짜증을 낼 상황인가?"
"짜증을 줄이려면 무엇을 해야 하는가?"
"그렇다면 뒤로 미루어도 되는 일은 어떤 것인가?"

이런 질문의 과정을 통해 감정은 통제되고 일은 갈피를 잡게 된다. 질문은 기본적으로 사람을 논리적으로 만드는 힘이 있다. 즉 감정에 치우치지 않고 자신을 통제하게 한다.

다섯 번째 힘 · 질문은 마음을 열게 한다

| 상대에게 하는 질문은 마음을 여는 힘을 지닌다. 질문이 없다면 커뮤니케이션은 힘들다. 물론 공격성 질문이 아닌 교감을 바탕으로 하는 질문의 경우 그렇다는 것이다. 커뮤니케이션에서 성공하고 싶다면 상대가 편안해하는 질문을 하면서 대화를 이끌면 된다.

여섯 번째 힘 · 질문은 귀를 기울이게 한다

| 질문은 주변을 환기시킨다. 정확한 답을 원하는 질문인지 아니면 자신의 의사 표시를 위한 질문인지, 또 긍정적인 답을 원하는 질문인지 부정적인 답을 원하는 질문인지를 구별해야 한다. 따라서 질문은 평범한 말보다 더 주목을 끄는 대화법이다. 나와 상대방의 목적을 정확하게 전달하는 주목도 높은 수단이다.

일곱 번째 힘 · 질문은 스스로를 설득시킨다

| 누구나 잔소리 듣기를 싫어한다. 남이 하는 말이기 때문이다. 그러나 사람들은 자기 자신에게 던지는 질문은 잔소리로 받아들이지 않는다. 잔소리나 참견으로 받아들이지 않기 때문에 자기 자신의 질문에는 설득이 잘된다. 만약 누군가를 설득시키고자 한다면 이것을 이용하라. 스스로 계속 질문을 던지게 만들라는 말이다.

시험 문제 속에 답이 있다는 말처럼 우리는 스스로 던지는 질문 속에서 그 답을 찾을 수 있다. 성장할 수 있다. 자문자답은 자신을 의심하고 불안해하라는 것이 아니다. 자신을 믿어주고, 자신이 더 할 수 있음을 기억하기 위함이다. 내가 더 할 수 있는데 하지 않는 건 무엇인지, 자신이 더 믿고 더 나아갈 수 있는 건 무엇인지 자문하라는 말이다.

당신은 무궁무진한 존재다. 자신에게 물어라. 지금 자신이 무엇을 더 할 수 있는지, 무엇을 더 이룰 수 있는지. 지금 바로 말이다.

무주의 맹시

미국의 심리학자인 대니얼 사이언스Daniel simons와 크리스토퍼 차브리스Christopher chabris는 한 실험에서 다음과 같은 것을 확인했다.

여섯 명의 학생을 두 팀으로 나누어 한 팀은 검은색 셔츠를 입히고 다른 팀에게는 흰색 셔츠를 입힌 뒤, 두 팀을 뒤섞어 놓고 서로 농구공을 패스하게 했다. 그리고 이들을 촬영한 영상을 피시험자에게 보여주며 흰색 셔츠를 입은 팀이 주고받은 패스의 수만 세도록 했다. 그리고 영상이 끝난 뒤, 피시험자에게 물었다.

"혹시 고릴라를 보았습니까?"

실험에 참석한 피시험자 중 절반이 고릴라를 보지 못했다고 답했다. 영상 중간에 고릴라 의상을 입은 사람이 무대 중앙에서 가슴을 두드리는 장면이 분명 있었음에도 말이다. 매우 쉽게 확인할 수 있는 장면인데도 많은 사람이 고릴라의 존재를 눈치채지 못한 것이다. 또한, 영상 중간부터는 뒤 벽면의 커튼 색깔도 바뀌었지만 이것을 알아차린 이는 더욱 없었다.

심리학에서는 이를 가리켜 '무주의 맹시Inattentional Blindness'라고 한다. 특정 사물을 지켜보는 것 같지만 실제로는 다른 곳에 정신이 팔려 눈앞에 펼쳐지는 대상을 알아차리지 못하는 현상을 말한다.

이처럼 사람들은 종종 자신이 보고 싶은 것만 보고, 기억하고 싶은 것만 기억한다. 목격한 장면을 이해하고 그에 맞추어 기억을 각색하거나 무엇을 기억할지 취사 선택을 하는 것이다.

그리고 우리는 생각보다 자주 이런 무주의 맹시를 경험한다. 길을 걸어가면서 스마트폰에 심취해 주변의 위험한 사물을 인지하지 못해 일어나는 사고가 바로 이 경우에 해당한다. 또한 TV 시청에 심취해 주변에서 말을 걸거나 어떤 행동을 하더라도 눈치채지 못하는 것도 무주의 맹시에 해당한다.

갈수록 넘쳐나는 정보량과 빠르고 다양한 콘텐츠로 한 번에 한 가지가 아닌 동시다발적인 행위와 행동을 해야 하는 경우가 늘어나 현대인들은 무주의 맹시 현상에 많이 노출된 상황이다. 마치 옆 시야를 가리고 앞만 보고 달려가게 하는 경주마처럼 주위의 것들, 그중에서 놓치지 말아야 할 중요한 것조차 보지 못하고 달려 나가기 일쑤이다.

이를 좀 더 쉽게 설명하자면 '보고 싶은 것만 본다'는 것이다. 인간은 자기가 필요하다고 생각하는 것만 보는 경향이 있는데, 심리학에서는 이를 자극의 '선택적 지각selective perception'이라 한다.

세상에는 우리가 감당할 수 없는 엄청난 양의 자극이 존재하기 때문에 인간의 인지능력으로는 이를 다 받아들일 수 없다. 그렇기에 어쩔 수 없이 필요한 자극만 받아들이게 되는데 문제는 내가 필요하다고 생각하는 자극의 내용이 지극히 '편파적'이란 것이다.

이 지극히 편파적이란 것에서 우리가 그 모든 것을 어떻게 받아들이냐의 차이가 생긴다. 같은 상황을 다르게 인지하고, 누군가 놓치는 정보를 누군가는 중요한 정보로 기억하고 저장한다. 쉽게 말하면 바라보는 시야의 차이가 모두 다르다는 뜻이다.

여기서 재미있는 것은 우리가 흔히 나이 들어 고집만 센 어른을 '꼰대'라고 부르는데, 이들은 말 그대로 자신이 보고 싶은 것만 보고, 믿고 싶은 것만 믿는다. 사람들의 조언이나 충고에 귀를 기울이지 않으며 자기 생각만이 옳다고 여긴다.

실제로 위의 실험을 한 대상자 중, 사회적 지위가 높을수록, 나이가 많을수록, 경제적 여유가 많을수록 고릴라를 잘 보지 못했다. 자신이 보고 싶은 것만 보느라 세상이 어떻게 돌아가는지, 주변 사람들이 어떻게 생각하는지에는 관심을 두지 않는다는 것이다. 의식적으로 스스로 노력하지 않으면 자신도 모르는 사이 보고 싶은 대로만 보는 무주의 맹시에 갇히게 된다. 이러한 무주의 맹시는 큰 실수와 실패를 반복적으로 가져온다. 무주의 맹시에 빠지지 않기 위해 스스로 할 수 있는 노력이 있는데, 바로 '반성'과 '해법'이다.

반성과 해법

　반성은 사안의 심장부, 즉 어떤 것의 진실로 우리를 데려간다. 반성하면 과거에 있던 일의 의미가 파악되고, 그 일의 결과로 취해야 하는 행동 방안인 경험에 대한 해법이 분명해진다.

　반성은 대부분 긍정적인 경험보다 부정적인 경험에 의해 형성된다. 우리는 승리보다 실패를 더 잘 기억한다. 그럴 때마다 우리는 반성해야 한다.

　나는 기쁜 것을 떠올리는 것이 하루를 시작하는 평화롭고 긍정적인 방법임을 깨달았다. 이는 실패를 곱씹는 것보다 인지한 실패에 대처하는 훨씬 좋은 방법이다. 우울할 때는 기대할 만한 일들을 떠올려보라. 불행한 사건에 더 이상 붙들려 있지 않다면 당신은 이제 그것을 반성할 준비가 되었다고 할 수 있다. 사실 실수에는 강력한 교훈이 담겨 있다.

우리가 그것을 차분하게 살펴보면서 무엇부터 잘못되었는지 생각하고 머릿속에서 이를 수정하고 다시 한 번 그에 따라 행동에 옮겨본다면 말이다. 사람들 대부분은 실수로 인해 위축된다. 너무 겁을 집어먹고 또다시 실수할까 두려워 어떤 것도 시도하지 못하게 된다. 하지만 이러한 실수에 제대로 반성하고 해법을 찾으려 한다면 분명 성장할 수 있다.

만약 무주의 맹시에 갇혀 이러한 반성을 하지 않는다면 우리는 언제까지나 같은 실수와 실패를 반복할 수밖에 없다. 실수와 실패에서 얻을 수 있는 것을 발견하지 못하고 계속해서 실패만 할 뿐이다. 그리고 그 끝은 절망이다.

당신이 빠져야 할 무주의 맹시는 단 하나이다. 난 분명 성공할 수 있다는 무주의 맹시, 난 분명 꿈을 이룰 수 있다는 절대적인 무주의 맹시. 그것이 당신이 빠져야 할 유일한 무주의 맹시이다.

언제나 주위를 살펴보고, 과거와 지금의 상황을 넓고 깊게 바라보며, 그것에서부터 또 성장하여 다음은 지금보다 더 나아지도록 해야 한다. 이러한 과정에 있다 보면 당신은 어느새 많은 사람이 우러러보며, 존경하고 부러워하는 존재가 되는 것이다.

4장 글쓰기:
상대를 설득하는 글을 써라

자기소개서

자기소개서를 잘 쓰는 방법에 대한 관심이 치솟고 있다. 대학 입시, 취업 등으로 자기소개서는 이제 필수사항이 되었고, 그 어떤 것보다 중요하게 취급된다. 기업의 서류 전형에서도 자기소개서는 매우 중요하다. 자기소개서로 당락을 가릴 정도이다.

자기소개서는 이름 그대로 자신을 소개하는 글이다. 글로써 자신이 어떤 사람인지 표현해내는 것일 뿐이다. 그럼에도 자기소개서를 작성하기 힘들어하고 어려워하는 사람들이 많다. 어떻게 시작해야 할지, 자랑을 해야 하는지, 겸손을 떨어야 하는지, 빈 여백을 어떻게 채워야 할지 어쩔 줄 몰라 한다. 게다가 지원하는 곳마다 자기소개서를 작성하는 다양한 양식과 제약이 있기 때문에 더욱 힘들어한다.

자기소개서는 자신이 지원하는 곳에 들어가야만 하는 이유를 적어 상대방을 설득하는 글이다. 자기소개서도 결국은 설득의 글이다. 설득을 목적에 둔 문서이다. 그렇다면 누군가를 설득하기 위해서는 무엇이 필요할까?

가장 먼저 상대방에 대해 최대한 많이 알아야 한다. 설득시킬 상대방에 관한 정보가 많으면 많을수록 설득시킬 요소도 많아진다. 상대방이 어떤 성향인지, 무엇을 좋아하고 싫어하는지도 모른 채 설득하려 한다면 상대방을 설득시키기도 전에 난처한 상황에 봉착한다.

자기소개서 역시 제출하려는 상대방에 대해 최대한 많은 정보를 갖고 글을 써야 한다. 자기소개서를 제출하는 곳이 대학교라면 과에 대한 정보, 교수에 대한 이력 등 해당 학교에 관한 최대한의 정보를 수집해야 한다. 자기소개서를 제출하는 곳이 기업이라면 희망 회사에 대한 다양한 정보를 수집하여 써야 한다. 정보는 무기가 된다. 무기가 많을수록 설득력을 높일 수 있다.

그리고 누군가를 설득시키기 위해서는 자신도 설득되어야 한다. 나 자신이 이곳에 들어갈 만한 인재이며 그럴 만한 이유에 스스로 설득되어야 한다. 이 말을 달리하면 자신에게서 다양한 콘텐츠를 찾아내야 한다는 것이다. 자신의 성장 배경이 스토리텔링 되어야 하며, 자신의 비전과 잠재력을 제출할 곳의 니즈needs와 교집합시켜야 한다. 모든 협상은 윈win - 윈win에서 이루어짐을 잊지 말자.

마지막으로 철두철미해야 한다. 시간에 쫓겨 급급하게 작성해 제출하지 말고 시간이 있을 때 미리 써 두고 수정 검토해나가는 것이 중요하다. 새로운 정보가 생길 때마다 교집합 부분을 만들면서 수정하는 것이 필요하니 말이다. 무엇보다 가장 중요한 점은 읽히는 자기소개서다. 자기소개서의 내용이 아무리 좋아도 읽히지 않으면 설득시킬 수 없다. 훌륭한 내용을 담은 책이라 할지라도 읽히지 않으면 의미가 없는 것처럼 말이다. 읽히는 자기소개서를 쓰려면 어떻게 해야 할까?

자기소개서를 쓰는 4가지 방법

두괄식으로 써라

| 대한민국 50대 기업의 신입사원 채용 평균 경쟁률은 100:1을 훨씬 뛰어넘는다. 인사담당자가 받는 채용신청 서류가 산더미처럼 쌓여 있다는 소리다. 이 산더미처럼 쌓여 있는 서류에서 면접 인원을 추려내야 하는데 이 서류를 하나씩 하나씩 꼼꼼히 다 읽을 인사담당자가 과연 몇이나 될까? 우리가 뉴스의 헤드라인만을 보고 넘기듯 인사담당자 역시 같은 패턴, 같은 형식의 자기소개서는 흘려 넘긴다.

그렇기 때문에 자기소개서는 처음에 승부수를 띄워야 한다. 사적인 이야기와 경험만을 나열하다가 마지막에 결론을 쓴다면 그 결말은 본인만이 알게 될 가능성이 농후하다. 하지만 처음에 흥미를 끌고, 강렬하게 나간다면 당신의 자기소개서는 인사담당자에게 끝

까지 읽힐 확률이 높다. 첫인상이 강렬한 자기소개서가 먹힌다.

키워드로 자신을 각인시켜라

| 인사담당자에게 기억을 남기고 싶다면 자신을 대표하는 키워드를 넣어야 한다. '협업', '성실', '리더십' 이 단어들은 자기소개서에서 가장 많이 볼 수 있는 단어들이다. 누구나 쓰는 말로 작성된 자기소개서는 관심을 끌지 못한다. 묻히는 자기소개서는 폐기로 가는 지름길이다.

자신을 인지시킬 키워드를 제시하라. 그리고 그 키워드는 역시 지원한 곳, 혹은 인사담당자가 강조하는 키워드여야 한다. 흔해 빠진 키워드가 아닌 해당 기업의 특수한 분야 혹은 인사담당자가 강조하는 특별한 부분의 키워드를 찾아라. 기업 홈페이지나 채용 공문에서 힌트를 얻을 수 있다. 업무적인, 혹은 반복적으로 사용되는 단어를 찾아내 자기소개서에 집어넣어라.

내가 아닌 팀을 강조하라

| 인사담당자가 밝히는 인재상은 특출난 인재가 아니라 팀, 회사에 잘 융합되고 어우러지는 인재이다. 앞서 '협업'이 흔한 단어라고 했지만 회사에서 가장 중요시하는 요소가 '협업'인 것은 틀림없다. 시대가 흐르면서 개성이 뚜렷하고 개인주의적인 성향을 가진 세대가 나오면서 회사는 갈수록 '협업' 관계를 중요시 여긴다.

자신을 드러내는 것이 자기소개서이지만 그것이 너무 과하면 외면 당하기 쉽다. 따라서 자기소개서를 쓸 때는 자신을 드러내되 자신보다는 팀이 우선이라는 느낌을 줘야 한다. 개인의 성과보다는 팀의 성과, 자신보다 그룹, 혹은 팀을 위해 했던 희생에 대한 경험을 보여주는 것이 효과적이다. 또한, 개인적인 것이 아닌 공동목표를 제시함으로써 자신이 팀을 중요시 여긴다는 점을 강조할 수 있다. 개인이 아닌 일원으로서 어떻게 성과를 끌어낼 수 있는지를 어필하라.

'설명'이 아닌 '설득'하는 스토리텔링

| 다시 한 번 말하지만 자기소개서는 설득이다. 많은 사람이 자기 소개서를 쓸 때 스토리텔링 위주로 글을 쓴다. 물론 스토리텔링은 필요하다. 하지만 '설득'이 아닌, '설명'하는 스토리텔링이 문제다. 스토리텔링을 할 때는 일반적으로 성장배경과 지원동기, 자신의 장단점 등을 기준으로 쓴다. 그런데 이 이야기를 인사담당자에게 자신이 어떤 사람인지 설명하듯이 쓰는 사람들이 많다. 자신이 어떻게 살아왔고, 어디서 뭘 했고, 어떤 사람이다 라는 식으로 말이다. 스토리텔링은 자신의 이야기를 하면서 내가 왜 적합한 사람인지를 알리기 위해 쓰는 것이다.

스토리텔링에는 명분이 필요하다. 내가 적합한 사람임을 설득하는 근거가 되어야 한다. 주장할 수 있는 뒷받침이 되어야 한다. 내가

제출하는 곳과 전혀 상관없는 이야기로 나를 설명해서는 안 된다. 자기소개서는 나를 소개하되 바로 내가 그들이 원하는 사람임을 알리는 글이다. 당신들이 원하는 인재가 바로 나라는 것을 설득시키는 글이다. 자기소개서는 스펙을 알리는 글이 아니다. 스펙을 뒤집는 글이 되어야 한다. 서류상으로 눈에 보이는 스펙을 뒤집을 유일한 서류가 바로 자기소개서이다.

스펙으로 나를 설명했다면 자기소개서로 '그럼에도 내가 더 적합한 인재임을', '그래서 더 적합한 인재임을' 강조해야 한다. '말 한마디로 천 냥 빚을 갚는다'는 말처럼 자기소개서의 말 한마디가 당락 여부를 결정한다.

취업난이 심해질수록 자기소개서의 중요성은 더 강조된다. 수많은 지원자 중에서 나를 드러내는 건 자기소개서 밖에 없기 때문이다. 수많은 자기소개서 중에서도 기억에 남고 눈에 들어오는 자기소개서는 있다. 수많은 자기소개서 중에서도 뽑히는 자기소개서는 있다. 그리고 이제 당신의 자기소개서가 뽑힐 차례.

자기소개서 작성할 때 유의할 점

눈에 띄고 설득력 있는 나만의 자기소개서를 쓸 때 유의해야 할 점이 몇 가지 있다. 자기소개서를 작성할 때 참고하여 쓰도록 하자.

자기소개서 돌려 막기

　| 회사마다 찾는 인재상이 다르고, 중시 여기는 요소가 다르다. 같은 자기소개서를 우려먹을 생각을 한다면 그만큼 간절하지 않거나 지원하는 곳을 만만하게 보는 것이다. 내가 지원하는 곳마다 그에 걸맞은 적절한 무기, 자기소개서가 필요하다. 조금 귀찮고 번거로워도 복사, 붙여넣기 형식의 자기소개서는 피하도록 하자.

지나친 포장은 금물

　| 성장 배경이나 지원 동기를 쓸 때 지나치게 자신을 포장하여 쓰는 것은 읽는 이를 불편하게 만든다. 글에는 그 사람의 성향, 습관, 성격까지 다 드러난다. 원고를 첨삭하기 위해 다양한 사람들의 글을 받아 읽어보면 글 속에 그 사람이 고스란히 녹아 있음을 느낀다. 자신에게 어울리지 않는 억지스러운 글 역시 티가 난다. 너무 포장한 글은 읽는 이를 불편하고 부담스럽게 만들어 결국 외면하게 만든다. 어느 정도의 포장은 분명 필요하지만 넘치지 않도록 조심하자.

떼쓰지 마라

　| 자기소개서는 설득하는 글이지만 결코 감성에 호소하는 글을 써서는 안 된다. 내가 귀사에 꼭 필요한 인재임은 밝히되, 이곳이 아니면 안 된다는 뉘앙스를 주지는 마라. 판단과 결정은 인사담당

자에게 있다. 감정적인 글로 그 인사권을 침해한다는 느낌을 주게 되면 인사담당자는 불쾌하게 여긴다. 설득은 생각할 여지는 주되 스스로 판단해 선택하게 만드는 것이다. 감정에 호소해 설득하는 것은 떼쓰는 일일 뿐이다.

불필요한 외래어 사용 금지

| 쓸데없는 영어, 한자어는 자제하도록 하자. 인사담당자는 자기소개서에서 당신의 지적 수준을 확인하지 않는다. 그것은 스펙에 드러나며, 스펙으로 판단한다. 자기소개서의 목적에 지적 수준은 포함되어 있지 않다. 쓸데없이 영어, 한자어를 과하게 씀으로써 이해력과 전달, 설득력을 저하시킬 수도 있으니 자기소개서를 쓸 때는 이 점을 유의하기 바란다.

글은 전달의 매개체다. 전달하는 것에 최우선의 목적이 있으니 최대한 잘 전달하고, 설득할 수 있도록 평이하고 이해하기 쉬운 단어로 글을 쓰도록 한다. 잘 읽히는 자기소개서가 좋은 소개서임을 잊지 말자.

하나 더 추가하자면 자기소개서를 빈말로 쓰는 것도 피해야 한다. 형식에는 크게 어긋나지 않지만 아직 유교사상이 강한 한국에서 반말로 적힌 자기소개서는 외면당하기 일쑤이다. 정말 사소한 것이 결정적인 요인이 되기도 하니 반말로 자기소개서를 쓰는 일은 피하도록 하자.

상투적이고 재미없는 자기소개서

| 자기소개서에는 양식도 제약도 많다. 하지만 그 안에서 자신을 드러낼 방법을 찾아내야만 한다. 하릴없이 양식에 맞게 쓴 자기소개서는 주목받지 못하고 읽히지 않는다. 양식에 맞게 설명하듯이 쭉 나열한 글이나, 경력을 나열하기만 한 자기소개서는 재미없다. 설득시키기 위해서는 설명만으로 그치지 않고 흥미를 유발시켜 관심을 끌어야 한다.

긍정적으로 썼는가?

| 자기소개서는 긍정적이어야 한다. 미래지향적인 모습을 보여줄 수 있어야 한다. 어느 곳에서 부정적이고 단조로운 삶을 사는 이를 선호하겠는가? 글에서 단점마저 승화시킬 긍정적이고 미래지향적인 성향을 보여주어야 한다. 단점을 장점으로 승화시켰던 경험이나 전화위복轉禍爲福의 이야기 위주로 스토리텔링하는 것이 포인트이다.

구체적으로 쓴다

| 어떤 내용의 자기소개서를 쓰든 구체적으로 써야 한다. '항상 밝습니다', '많이 웃습니다' 등의 애매모호한 표현은 쓰지 않도록 한다. 근거 없는 이야기나 애매모호한 설명은 오히려 신뢰감을 떨어뜨려 설득력을 저하시킨다. 누군가를 설득시킬 때는 구체적이며

정확한 진술과 주장으로 말해야 한다. '열심히 산다'는 표현보다 '매일 아침 6시에 일어나 운동을 한다'는 표현이 훨씬 신뢰감을 주고 설득력이 있다. 경험이나 상황을 구체적으로 쓰는 것이 좋은 자기소개서의 지름길이다.

| 자기소개서를 쓸 때는 논리적으로 연결고리가 있어야 한다. 앞뒤 문맥 없이 흐름이 뚝뚝 끊기면 읽기 거북하다. 물 흐르듯이 앞뒤 내용에 중복과 모순이 없도록 써야 한다.

또한 쓸데없이 긴 문장으로 장황하게 쓰기보다는 간결한 문장으로 쓰도록 한다. 간단명료한 핵심 문장 위주로 써야 한다. 글의 순서도 핵심 문장을 먼저 쓰고 뒷받침하는 문장이 따라오게 한다. 그리고 불필요한 접속사와 부사만 빼도 훨씬 간결한 문장이 된다.

자기소개서는 나를 알리는 글이자, 설득시키는 글이다. 앞서 말한 점만 유의해서 쓴다면 훨씬 더 그러한 목적에 맞는 글이 될 것이다. 처음 보는 누군가에게 나를 피아르PR하고, 내가 필요한 사람임을 설득시키는 것은 결코 쉽지 않다. 글로써 편견을 줄 수도 있고, 좋은 첫인상을 남길 수도 있다. 글로 처음 만나는 사람에게 어떤 이미지를 줄 것인지는 자기소개서에 달렸다.

'과유불급'이란 말이 있다. 과한 것은 아니함만 못하다. 나를 너무 드러내서도, 나를 너무 감춰서도 안 되는 자기소개서를 적절히 잘 쓸 수 있다면 당신은 이미 면접관과 이야기를 나누고 있을 것이다. 동일한 스펙을 가진 수많은 사람 중에서 선별되고 뽑힌 사람은 자신을 제대로 이해하고 제대로 피아르PR하는 사람일 테니 말이다.

제안서

일반적으로 비즈니스, 또는 회사 내에서만 제안서를 작성한다고 생각하지만, 사실 제안은 우리 일상생활과 상당히 밀접해있다. 제안이란, 현새 문제가 되는 사항을 분명히 밝혀 해결 방안을 제시하는 것이다. 이를 문서화한 것을 제안서라고 할 뿐, 제안 그 자체는 일상생활에서 늘 하고 있기 때문이다.

회사에서 '제안서'를 작성하라고 하면 일단 부담스럽고 무겁게 느끼는데, 그럴 이유가 선혀 없다. 그저 제안서의 특징과 요령만 익힐 수 있다면 오히려 말보다 훨씬 더 일목요연하게 전달할 수 있으며 더 뛰어난 설득력을 지닐 수 있다.

자, 그렇다면 제안서의 특징을 먼저 살펴보자.

흔히들 오해하는 것이 있다. 그것은 좋은 제안서가 고객을 설득시킨다고 생각하는 것이다. 하지만 좋은 제안서가 고객을 설득시키는 것이 아니라, 고객을 설득하는 제안서가 좋은 제안서가 되는 것이다. 어떤 양식, 분량, 정보를 잘 담았느냐가 우선이 아니라, 이 제안서를 받은 고객에게 실질적인 설득과 실질적인 결과를 이끌어냈느냐, 그러지 못했느냐가 좋은 제안서의 채택 여부를 결정짓는다.

그렇기에 제안서를 작성하기 전에는 이 제안서를 받을 고객의 입장을 배려하는 것이 중요하다. 제안서를 받는 대부분 고객은 본인 입장, 사내 입장이라는 다양한 제약 조건을 안고 있기 때문에 형식적인 제안서와는 괴리감을 느낄 수밖에 없다. 그럴 때는 고객의 제약 조건까지 파악한 현실적인 제안서를 제시할 경우 더 큰 설득력을 지녀 효과적인 결과를 끌어낼 수 있다. 제안서에서 자신을 배려하고 있다는 것을 느끼는 것만큼 더 큰 설득력도 없다.

제안서는 그 문서의 특성상 작성 형식에 얽매이지 않아야 한다. 실제로 제안서는 주제에 따라 다양한 형식으로 작성되는데, 때론 몇 줄의 메모로도 훌륭한 제안서가 된다.

제안서는 제안하는 내용을 문서화하는 것에 의의가 있다. 머릿속에 맴도는 생각이 구체화되면서 더욱 명확해지고, 전달력도 높아진다. 게다가 문서화한 자료는 저장되고 기록되기 때문에 당장 빛을 못 보더라도 언젠가 다시 회람되고 회자될 수 있다.

그러니 대상을 주도면밀하게 파악하고 준비해 작성한 제안서가 기대했던 결과를 끌어내지 못할지라도 두려워하거나 위축될 필요는 없다.

실패를 토대로 그 다음 제안서를 꼼꼼하고 설득력 있게 작성해 더 좋은 결과를 이끌어낼 수 있으니 말이다. 실패의 경험이 성공적인 제안서에 한 걸음 다가서게 한다.

제안서 작성법

제안서는 크게 여섯 단계로 나눠 작성하는 것이 좋다. 앞서 제안서는 그 어떤 양식이나 틀에 맞춰서 쓰지 않아도 좋다고 했지만, 기본적으로 제안서가 담아야 할 요소를 고려하면 설득의 확률은 올라가니 알아두어야 한다. 제안서를 쓸 때 고려해야 할 여섯 단계는 이렇다.

1단계 · 고객의 니즈 파악

| 제안서를 작성하려면 우선 제안 대상인 고객의 요구를 파악해야 한다. 제안을 요구하는 고객은 모두 어떤 부분에 문제점이 있기 때문에 찾아온다. 고객이 안고 있는 문제점을 정확한 파악하는 것에서부터 제안서는 시작되는데 그 문제점을 어떤 식으로 개선하고 싶어 하는지 고객의 요구를 명확히 알아야 설득력 있는 제안서를 작성할 수 있다.

2단계 · 문제점 파악

| 개선을 요구하는 고객은 모두 현재에 대한 불만, 혹은 문제점을

안고 있기 때문에 개선을 요구한다. 결과에는 원인이 있다. 현재의 문제점에는 분명 원인이 있다. 그 원인을 정확히 알아야 그에 맞는 솔루션도 제시할 수 있다.

의사가 환자에 대한 진단을 내릴 때, 병명을 파악하는 것도 중요하지만 그보다 병에 걸린 원인을 알아내는 것이 더 중요하다. 같은 병이라도 병에 걸리게 된 원인에 따라 처방이 달라지는 것처럼 제안서 역시 문제점을 파악하는 것도 중요하지만, 왜 그 문제점이 일어날 수밖에 없었는지 원인을 파악하는 것이 중요하다.

이 단계를 좀 더 쉽게 표현하자면 정보 수집 단계라고 말할 수 있다. 제안서를 요구하는 고객에 대한 정보 수집, 고객에 대한 정보가 많으면 많을수록 그에 맞는 솔루션과 다양한 제안을 할 수 있다. 지피지기知彼知己면 백전백승百戰百勝이란 말이 있듯이 말이다.

3단계 · 해결책 & 가설 도출

│ 고객은 제안서의 해결책 부분을 가장 중점적으로 본다. 고객의 가장 큰 욕구는 현재의 문제점을 해결할 방안이기 때문에 제안서에서 제시하는 해결책 부분을 가장 궁금해 한다. 앞에서의 자신의 요구와 문제점은 이미 알고 있는 부분이라 훑어 넘기지만, 해결책 부분부터는 꼼꼼히 읽어보는 게 일반적이므로 이때부터는 간결하되 단호한 문체를 쓰는 것이 좋다. 해결책을 제시하면서 '하는 것이 좋다', '그럴 것이다' 등의 표현은 신뢰를 주지 못한다. 단호하고 간

결한 문체가 설득력을 높이고, 믿음을 부여한다.

해결책을 제시했을 때 그 결과에 대한 가설을 함께 넣어주면 고객은 좀 더 쉽게 그 결과를 상상해볼 수 있다. 이때 대충 그린 그림이 아니라, 숫자를 포함한 명확한 가설이 설득력을 높인다는 걸 명심하자.

4단계 · 해결책 & 가설의 근거 자료 정리

| 자, 지금부터는 설득의 단계다. 제안서로 제시한 해결책이 고객에게 필요하고 합당한 것임을 설득하는 단계이다. 설득을 위해서는 다양한 무기가 필요하다. 다양한 근거 자료가 필요하다는 말이다.

근거 자료는 객관적이어야 한다. 수치 데이터가 좋은 객관적 자료가 되는데 설문조사와 인터뷰가 그 예이다. 설문조사와 인터뷰는 객관적이면서 수치적으로 표현하기도 좋아 설득하기에 적합한 근거 자료이다.

5단계 · 근거 자료를 표와 그림으로 정리

| 설문조사나 인터뷰 등을 포함한 다양한 수치 데이터의 근거 자료를 글로 표현하는 것보다 표나 그림, 그래프로 정리하여 담는다. 글로만 가득 찬 제안서는 보기 전부터 부담스럽고, 기피하기도 하니 중간중간 다양한 자료를 표나 그림, 그래프로 표현하여

한눈에 이해되고 파악할 수 있는 제안서로 작성하는 것이 설득력을 높인다.

| 제안서의 마지막은 이 모든 것을 근거로 현재 고객의 상황에 맞춰 설득 포인트를 잡는 것에 있다. 아무리 설득력 있고 잘 정리된 제안서라 할지라도 고객이 현재 그 해결책을 받아들일 환경이 아니라면 그 제안서는 무용지물이 되고 만다. 그렇기에 현재의 고객 상황과 환경을 파악해 고객이 수용할 수 있는 선에서 해결책을 제시해야 한다.

좋은 제안서는 고객에게 실질적인 설득과 실질적인 결과를 이끌어 낸다. 그저 문서상으로만 좋은 결과를 예상하고 도출할 뿐, 실질적인 도입이 되지 않는다면 그것은 죽은 제안서일 뿐이다.

설득시키는 제안서

제안서에는 뚜렷한 양식도, 훌륭한 문체도 필요 없다. 단 한 줄의 제안서라도 상대방을 설득시키고 제안을 받아들이게 한다면 그것은 훌륭한 제안서이다.

설득시키는 제안서는 고객을 생각하고 배려한다. 고객의 문제점을 함께 생각하고, 적절하고 합리적인 해결 방안을 고민한 흔적이 제안서에 보여야 한다. 그것이 그 어떤 문체나 양식보다 더 큰 설득 방법이며, 더 좋은 제안서가 되게 한다.

글도 소통을 위한 것이다. 좋은 소통 방식은 상대방을 이해하고 배려하는 것에서부터 시작되듯이 글도 이와 마찬가지이다. 제안서를 요구한 고객이 알아듣기 바라는 것이 아니라, 더 다가가 더 많이 알려고 하고 더 좋은 것을 주고 싶어 하는 마음이 우선이다. 그런 점에서 모든 비즈니스 글쓰기는 '많이 알고 있느냐'가 아니라, '많이 해보는 것'이 가장 중요하다.

기획안

기획안이란, 앞서 제시한 제안서를 실행에 옮기기 위해 구체적인 계획을 정리한 문서이다. 우선순위를 결정하고 대체방안을 담으며, 일정과 예산을 짜고 계산한다. 기획안은 제안서를 수용했을 때보다 디테일한 계획을 담고 있다는 점에서 제안서의 연장선이자 제안서보다 더 상세한 계획서라고 할 수 있다.

기획안은 고객의 실리를 보다 추구해야 하는데 이러한 기획안을 작성할 때는 몇 가지 유의할 사항이 있다.

과장하지 않는다

| 기획안은 구체적이고 정확해야 한다. 예상 수치가 1983이라고 해서 2000정도라고 작성해서는 안 된다. 보는 이에게 불확실한 기

대 수치를 올려주어선 안 된다. 예상했던 기대치보다 더 큰 기대치를 주는 기획안은 오히려 설득력을 떨어뜨리기도 한다. 보다 정확하고, 보다 진실하게 씀으로써 그로 인한 적절한 기대 심리를 유발해 더 큰 설득력을 주는 것이다. 기획안 특성상 역효과나 부작용에 대해 진실하게 밝힐 경우 더 큰 설득력을 주므로 과장보단 객관적이고 실현 가능한 예상 결과만을 작성하는 것이 좋다.

한눈에 보여야 한다

│ 기획안은 제안서와 마찬가지로 한눈에 그 효과를 짐작할 수 있도록 작성해야 한다. 처음부터 끝까지 글로만 작성하는 것보다 그림, 표, 그래프 등을 사용해 그 효과를 한눈에 파악할 수 있도록 하는 것이 좋으며, 숫자와 수치를 이용한 정확하고 분명한 차이점을 표현해주는 것이 효과적이다.

간결하고 단호한 문체로 써야 한다

│ 자신감 없는 문체는 설득력을 저하시킨다. 설득시켜야 할 본인조차 의구심을 품고 있으면 설득 당해야 할 사람은 더 큰 의구심에 봉착한다. 기획안은 설득시키는 것에 의의가 있다. 기획안을 통해 설득시키고 싶거든 간결하고 단호한 문체로 작성하는 것이 효과적이다.

하지만 과유불급이라 하지 않던가. 너무 간결하고 단호한 문체로

만 작성하면 건방지고 고집스럽게 느껴질 수도 있으니 유의하도록
하자.

사이다 같은 느낌을 줘라

| 기획안을 끝냈을 때 상대방에게 사이다 같이 속 시원한 느낌을
주어야 한다. 쉽게 말해 의구심이 없어야 한다는 것이다. 기획안은
상대방이 궁금해야 할 것들을 미리 파악해 담아야 하며, 쉽게 이해
되어 한번에 잘 전달될 수 있어야 한다.

예상치 못한 것을 담아라

| 상대방이 예상한 범위 내에서만 기획안을 작성하면 특별한 문
제는 없더라도 그다지 내켜 하지도 않는다. 채택되는 기획안과 그
러지 못하는 기획안은 한 끗 차이다. 바로 예상치 못한 부분까지
담았느냐, 평범한 기획안이냐의 차이다.
상대방이 예상치 못한 어느 부분을 짚어내고, 제시할 수 있다면 상
대방은 그 기획안에 흥미를 느끼고 호감을 나타낸다. 그리고 그 호
감은 설득으로 직결되고 기획안은 채택된다.
뽑히는 기획안과 그러지 못한 기획안은 바로 이 차이다.

쉽게 써라

| 있어 보이기 위해서, 더 많이 알고 있음을 보여주기 위해서 전문

적이고 어려운 단어만 골라 썼다가는 낭패를 보게 된다. 상대방은 어려운 단어를 많이 쓴다고 전문가라고 생각하지 않는다. 어떤 분야든 자신에게 잘 이해되고, 쉽게 설명해주는 사람을 전문가로 인식한다. 자신만 아는 단어는 자신만 알고 있는 것이 좋다.

포인트를 잡아라

| 기획안을 작성할 때, 중요한 부분은 꼭 포인트를 주어야 한다. 필히 전달되어야 할 중요한 단어나 수치는 포인트를 키우거나 색깔을 바꿔줌으로써 기획안의 포인트를 잡아주어야 한다. 학창시절 선생님이 수업 중에 중요하다고 짚어주는 부분만 알고 있어도 시험 성적이 잘 나오듯이 가장 핵심적인 부분은 어떤 식으로든 강조하는 것이 중요하다.

흐름이 있게 하라

| 확 끌어당기는 기획안은 모두 흐름이 있다. 집중도가 높고 흥미를 끌어당기는 기획안에는 스토리가 있고, 강약 조절이 있다. 동그란 원을 생각하며 시작된 기획안이라면 필요한 내용을 충분히 말하고 다시 처음으로 돌아와야 한다. 그 동그란 원을 한 바퀴 도는 동안 중복, 누락된 내용 없이 중구난방이 아닌 제 길로 잘 돌아 시작점으로 다시 돌아와야 한다.

기획안도 제안서와 마찬가지로 설득이 목적이다. 좋은 기획안 역시 채택되는 것으로 결정된다. 채택받기 위한 기획안으로 몇 가지 유의할 점을 말했지만, 이렇게 쓴다고 해서 무조건 채택되는 것은 결코 아니다.

기획안 역시 많이 아는 것보다 많이 써보는 것이 중요하며, 상대방을 잘 아는 것보다 잘 이해하는 쪽이 좋은 기획안을 작성하는 데 도움이 된다. 비즈니스 글쓰기도 결국 사람과의 소통이다. 원활한 소통은 상대방을 이해하고 배려하는 것에서부터 시작된다는 점을 잊지 말자.

보고서

보고서를 잘 쓰는 비법 7가지를 알아보자.

기업 내 보고서 양식을 숙지하라

> 일반적으로 직장인들은 보고서를 잘 쓰기 위해서 선배에게 조언을 구하거나 인터넷에서 보고서 작성법을 검색해본다. 그러나 보고서의 가장 기본은 자신이 속해 있는 기업의 통용 보고서 양식을 숙지하는 것이다. 우리 조직 내에서 쓰는 기본 폰트, 글자 크기, 글자 간격, 글머리 양식 등을 지켜서 보고서를 써야 한다. 가장 좋은 방법은 기업 내의 다양한 보고서를 확인하고, 잘 쓴 보고서를 참고하는 것이다. 또한, 보고서 작성은 절대적인 기준이 없으므로 상사가 좋아하는 유형의 보고서를 파악하는 것도 도움이 된다.

| 보고서 작성의 절대적 기준은 없지만, 아래 방법에 따라 작성하다 보면 기본적인 보고서 작성의 방법을 익힐 수 있다.

1 단계: 보고서 목적 탐색

작성해야 하는 목적이 무엇인지, 전달하고자 하는 것은 무엇인지 생각해야 한다.

2 단계: 자료 검색

전달할 주제와 방법을 찾았다면 자료를 검색한다. 신뢰도를 높이는 자료를 찾아 출처를 밝히는 것이 좋다.

3 단계: 자료 선정 및 정리

보고서에 들어갈 자료를 선정하고 정리한다. 자료는 핵심 내용을 선택한다. 양을 늘리기 위해 불필요한 자료를 넣지 않는다.

4 단계: 분류

선정하고 정리된 내용은 비슷한 성질을 가진 것으로 분류한다.

5 단계: 목차 작성

보고서의 목차, 즉 틀을 작성한다. 보고서는 조직에서 사용되는 기본 틀을 참고하면 된다.

6 단계: 내용 작성

개요에 맞춰서 내용을 작성한다. 문자만으로 작성하는 것보다 통계나 그래프,
이미지 등을 적절히 활용해 시각화하는 것도 도움이 된다.

7 단계: 최종 점검

보고서를 작성한 후 전체적으로 다시 점검한다.

손으로 직접 써본다

　《보고서 잘 쓰는 법》의 저자에 의하면 보고서를 잘 쓰는 방법의
하나로 '파워포인트를 사용하지 말고, 일단 손으로 써보기'를 꼽는
다. 직접 손으로 적다 보면 형식보다는 본질적인 메시지에 집중하
게 된다고 한다. 종이에 직접 적는 과정을 통해 본질적인 메시지가
무엇인지를 확인할 수 있다.

육하원칙은 보고서의 기본이다

　보고서 작성에서 육하원칙은 기본이다. 국어 시간에 가장 기초
적으로 배웠던 '육하원칙'을 지키면 된다. 누가Who, 언제When, 어디
서Where, 무엇을What, 어떻게How, 왜Why에 대한 부분만 지켜도 보고
서의 뼈대를 만들 수 있다.

육하원칙과 더불어 보고서는 보고하는 대상이 있다. 그렇기 때문
에 보고 대상을 고려해서 작성해야 한다. 전문용어나 약어는 친절

하게 설명하고, 보고서의 근거가 되는 내용은 신뢰성을 줄 자료를 바탕으로 작성하는 것이 좋다. 또한, 보고서의 본질은 궁금증을 해소하는 것이므로 왜Why라는 요소에 초점을 맞춰서 의문점은 없는지, 충분히 설명되었는지 확인하는 것이 필요하다.

심플하게 쓰는 것을 습관화하라

| 군더더기 없이 심플하게 보고서를 작성하라. 일반적으로 페이지 수가 많은 보고서가 더 정성이 들어갔다고 생각하고, 문장을 늘리고 불필요한 자료를 넣는 경우도 많다. 이는 보고서를 작성하는 사람의 업무도 과다하게 하고, 보고를 받는 상사의 시간도 뺏는 결과를 낳는다. 그러니 보고서를 작성할 때 불필요한 자료, 전문 용어, 미사 어구 등을 피하고, 핵심적인 내용을 중심으로 작성하라!

팁Tip. KISSKeep It Short & Simple Principle 원칙으로 말하세요

KISS 원칙은 자신이 표현하려는 것을 단순하고 간략하게 나타내는 방법이다. 보고서뿐만 아니라 커뮤니케이션을 할 때도 핵심을 전달하는 유용한 방법이니 익혀두면 도움이 될 것이다.

한 번 이상 보고서를 점검하라

| 아무리 잘 쓴 보고서라도 오타, 띄어쓰기, 맞춤법 등이 틀리면 내용의 신뢰도가 낮아진다. 보고서를 작성한 후 불필요한 내용은

없는지 틀린 맞춤법은 없는지 점검해보라. 혼자서 맞춤법과 오타, 띄어쓰기 등을 확인할 자신이 없을 때는 맞춤법 검사기를 사용하는 것도 도움이 된다. 맞춤법 검사기는 문서 프로그램의 띄어쓰기와 맞춤법보다 정확하게 표시해준다.

제출 기한을 지켜라

| 보고서를 잘 쓰는 것도 중요하지만, 제출 기한을 넘기면 '쓸모없는 종이'에 불과하다. 그 보고서가 필요한 적절한 시기가 있다. 그렇기 때문에 시기를 놓치면 가치가 떨어질 가능성이 높다. 또한, 업무는 여러 단계를 거쳐 진행되므로 보고서가 늦어지면 과정에 차질을 빚을 수 있으니 제출 기한을 꼭 지켜야 한다.

프레젠테이션

프레젠테이션은 제안서, 기획안의 마지막 공정工程과도 같다. 제안서로 구성을 잡고, 기획안으로 상세 계획을 설정했다면, 마지막 프레젠테이션에서 멋들어진 발표로 고객을 사로잡아야 한다. 그런 의미에서 프레젠테이션은 마지막 관문이라고 볼 수 있다.

프레젠테이션이라 하면 일반적으로 발표를 생각하기 때문에 글쓰기는 큰 비중이 없다고 생각하지만 꼭 그렇지도 않다. 프레젠테이션은 적절한 화면과 글, 그리고 그에 맞는 발표력이 모두 궁합이 맞아야 성공할 수 있다. 그런 의미에서 프레젠테이션을 준비할 때 유의해야 할 몇 가지를 정리해보도록 하겠다.

서론을 길게 잡지 않는다

│ 프레젠테이션의 핵심은 서론에 있지 않다. 프레젠테이션의 서론에서 쓸데없는 내용으로 페이지 수를 늘리거나 글자 수를 늘리지 않는다. 서론에서는 관심을 끄는 것이 핵심이다. 자신의 경험이나 일화, 혹은 유머 등과 같은 스토리 위주로 집중하게 만들어야 한다. 프레젠테이션의 핵심은 언제나 결론이다. 결론까지 끌고 가기 위해서는 서론의 역할이 중요하다. 처음부터 지루한 느낌을 주어서는 안 된다.

글자 수를 줄여라

│ 프레젠테이션은 발표를 위한 것이다. 읽기 위한 원고가 아니다. 핵심 단어로 최대한 글자 수를 줄이고 그 외의 것은 발표자가 전달할 수 있도록 한다. 프레젠테이션에 쓰인 내용을 기계적으로 읽기만 하면, '나중에 내가 다시 꼼꼼히 읽어보지 뭐' 하는 생각으로 프레젠테이션에 집중하지 않는다. 최대한 심플한 글로 발표자의 말에 귀를 기울이도록 한다.

흥미를 유발시켜라

│ 프레젠테이션은 지루하다. 발표자에 따라 조금씩 차이는 있지만, 프레젠테이션이란 자체가 딱딱하고 지루한 느낌이 있다. 최대한 흥미를 유발하고 이목을 끌도록 준비를 해야 한다. 흥미를

유발하는 단어나 질문을 사용해 프레젠테이션의 집중도를 높여야 한다.

그림이나 동영상을 넣어주는 것도 좋은 방법이다. 프레젠테이션을 할 때는 최대한 오감을 자극시켜주는 것이 집중도를 높이므로 다양한 방법을 연구해보는 것도 좋다. 하지만 과유불급임을 잊어서는 안 된다. 너무 많은 시청각 자료는 주의 산만이라는 역효과를 불러일으킬 수 있다.

종결형이 아닌 전성형으로

| 프레젠테이션은 '~다'로 끝나는 종결형이 아닌, '~기'로 끝나는 전성형으로 문장을 맺는 것이 깔끔하다. 앞서 설명한대로 프레젠테이션은 읽기 위한 원고가 아니다. 최대한 단어 형식을 깔끔하게 하는 것이 좋다.

최대한 쉬운 단어를 써라

| 전문가를 상대로 하는 프레젠테이션이라 할지라도 쉬운 단어로 표현하는 것이 좋다. 가능한 한 외래어(영어, 한자어)는 빼고, 일상생활에서 가볍게 통용되는 속어와 표준어가 아닌 줄임말 등도 제외한다.

프레젠테이션은 기획서가 전부가 아니다. 오히려 발표자의 발표 능

력에 따라 좌지우지된다. 그러므로 최대한 리허설을 많이 해보면서 준비하는 것이 좋다. 리허설을 하면서 손짓, 몸짓 그리고 말하는 방식에서 변화를 주는 감을 잡는다. 하지만 잘 준비된 기획서는 프레젠테이션을 할 때 자신감을 불어넣어 준다. 잘 준비된 기획서가 목소리에 힘을 불어넣어 주고, 액션에도 확신을 심어주는 것이다. 프레젠테이션 성패의 반을 결정 짓는다고 해도 과언이 아니다.

그리고 무엇보다 진심을 담아 프레젠테이션을 발표해야 한다. 아무리 준비해도 빠진 부분은 있을 수 있고, 긴장해서 준비한 만큼 발표를 못할 수도 있다. 하지만 진심을 담아 발표한다면 전하고 싶어 하는 바는 분명 전달된다. 말 잘하는 사람보다 더듬고 어눌해도 진심을 담아 말하는 사람에게 마음이 가 닿는 경우를 우리는 많이 봐오지 않았는가?

프레젠테이션은 사람을 설득하는 행위다. 설득에는 기술만으로 해석되지 않는 것이 더 많다. 그렇기에 아무리 잘된 프레젠테이션이라도 언제나 채택되고, 성공적인 결과를 낳는 것만은 아니다. 결과만을 바라보지 말고 위에서 정리한 유의점을 참고해 최대한 자신감 넘치는, 확신 있는 프레젠테이션을 준비해보자.

비즈니스 이메일

비즈니스 글쓰기에서 빼놓을 수 없는 것이 바로 이메일이다. 회사 내에서도, 타 회사와의 협업 진행 중에서도 대부분의 피드백은 이메일로 주고받기 때문에 비즈니스 글쓰기에서 빼놓을 수 없다.

직장인들이 출근하자마자 가장 먼저 하는 일이 업무 메일을 확인하는 일이다. 요즘은 회사 내에서 그룹웨어나 인트라넷을 활용하는데 이러한 네트워킹을 통해 공적인 업무 전달 사항을 이메일로 주고받는다. 이메일로 서로 소통한다는 소리다. 이 말은 즉, 사회생활에서 가장 중요한 것이 의사소통이라고 할 때 이메일을 잘 쓰는 사람일수록 사회생활을 잘하는 사람이라고도 할 수 있다.

이메일은 누구나 쓰는 흔한 것이지만, 흔한 것인 만큼 세심한 배려를 더한다면 더 좋은 이미지를 줄 수 있다. 이메일을 쓰는 방법이나 규칙은 없지만 어떤 식으로 세심한 배려를 할 수 있는지 알아보자.

보내는 사람

| 이메일을 보낼 때는 가능한 한 본인 이름 그대로 보내도록 한다. 자신이 설정해놓은 별명으로 보내는 경우 그 이름 하나 때문에 메일을 열어보기도 전에 좋지 않은 이미지를 주기도 한다. 별명이 가벼우면 가벼울수록 자신의 이메일도 가벼워 보일 수 있다는 것을 잊지 말기 바란다. 보낸 이의 이름 설정은 메일의 환경설정에서 바꿀 수 있으니 지금 당장 들어가 확인해보기 바란다.

이메일 제목

| 무엇이든 제목은 중요하다. 어떤 장르든 대부분 제목에서 내용을 예상하고, 결과를 예측한다. 그렇기에 제목에는 언제나 명분이 필요하고, 내용이 함축되어야 한다. 가능하면 흥미까지 유발하는 제목이라면 더할 나위 없겠다. 하지만 제목이 너무 길어지지 않도록 유의해야 한다. 제목은 아무리 길어도 25자가 넘지 않는 선에서 쓰도록 하며, 제목에 보내는 쪽의 회사 이름이나 보내는 이의 이름까지 넣을 필요는 없다.

이메일을 받고 원하는 피드백이 있다면 제목 앞에 피드백 사항을 간략하게 넣어주는 것도 좋은 방법이다.

<전달> 설문조사 요청 건

<요청사항> 강의계획안 양식

<긴급> 검사 소견서

단체 이메일 발송

| 업무 이메일을 보내다 보면 개인이 아닌 단체 이메일을 보내야 하는 경우가 많은데 이럴 때는 개인별로 보내는 부분을 꼭 체크해서 보내도록 한다. 특히, 여러 타 회사에 같은 공문을 보내는 경우에는 반드시 유의해야 한다. 하나의 내용을 단체로 보낸 이메일은 읽기 싫어할뿐더러 불쾌하게 여기는 경우도 있으니 꼭 조심해야 한다.

이메일 본문 작성

| 이메일 본문은 심플한 것이 좋다. 그렇다고 한두 줄의 문장은 곤란하다. 이메일의 핵심 내용은 첨부파일을 통해 전달하도록 하고 이메일의 본문에는 가벼운 안부나 전달사항만을 작성하도록 한다.

그리고 본문의 글씨 크기나 배열 또한 상대방이 보기 좋도록 신경 쓰도록 하자. 같은 이메일이라도 작은 글씨로 빼곡히 적은 글은 보기 싫어지는 법이니 말이다.

비즈니스 이메일을 쓸 때 크게 신경 써야 할 것은 없다. 그저 상대방에 대한 배려를 조금 더 하는 것, 그것이 비즈니스 이메일 쓰기의 핵심이다. 그 사소한 배려가 원활한 소통을 만들고, 원만한 사회생활로 이끌 테니 말이다.

5장 면접:
나를 알리는 절호의 기회

SECTION 26

점검 사항

　면접은 인사담당자와 첫 대면하는 자리이다. 지금까지 서류상으로만 소통을 해왔다면 이제 마주보고 처음으로 직접적인 소통을 하는 자리인 것이다. 스펙은 하루아침에 쌓을 수 없지만, 면접은 고작 10분 내외에 여러 가지가 정해진다. 그러니 미리 생각해보고, 준비해야 할 것이 한두 가지가 아니다.

　면접 준비를 하기 전, 우선 자신을 한번 돌아보자. 지금까지 살아오면서 처음 만난 사람들 중 어떤 사람에게서 좋은 느낌을 받았는가. 차이는 있지만, 대부분 긍정적이고 깔끔한 사람에게서 좋은 느낌을 받는다. 혹은 상대에 대한 배려가 있거나, 매너가 있는 사람에게 좋은 감정을 느끼게 된다.

　이러한 부분은 면접에서도 똑같이 적용된다. 면접관들도 우리와 똑

같은 사람이다. 다른 별에서 온 특별하고 특이한 사람들이 아니란 소리다. 면접관들도 처음 만나는 면접자 중에서 긍정적이고 깔끔한, 그리고 말투나 행동에 매너가 밴 사람을 선호하고 호감을 느낀다.

사람은 누구나 갖는 '동일성'의 부분이 있기 때문에 내가 일반적으로 좋다고 여기는 것은 다른 사람도 좋다고 느끼는 경우가 많다. 면접관에게 좋은 인상을 주고 싶다면 나 자신부터 좋은 인상을 받았던 사람들을 떠올려보고, 그에 맞게 준비하면 된다.

하지만 이것은 기본적인 것일 뿐, 실질적인 면접에서 면접관이 중요시 여기고, 우선적으로 판단하는 기준에 맞게 면접을 준비하는 것이 중요하다. 이번 장에서는 이 부분을 하나씩 짚고 넘어가도록 하자.

그렇다면 면접관의 입장에서 일반적 호감이 아닌 우선적으로 판단하는 요소는 무엇일까?

면접관의 인재 파악 요소는 크게 세 가지이다. 바로 기업, 사람, 융합이다. 큰 주제로 요소를 나눴기에 쉽게 와 닿지 않을 수 있는데 지금부터 이 세 가지 요소를 세부적으로 들여다보자.

첫 번째 요소 • '기업'

| 면접관은 어느 위치에서 면접자들을 바라볼까? 두말할 것도 없이 기업의 입장에서 면접자를 바라본다.

'이 지원자가 회사에 필요한 인재인가?'

'지원자의 능력이 회사에서 어떤 식으로 긍정적인 효과를 볼 수 있

는가?'

'회사 업무를 감당할 수 있는가?'

모든 부분을 기업의 입장에서 판단하며 바라본다. 면접관에게 면접의 목적은 인재를 선별하는 것이기 때문이다.

하지만 지원자의 면접 목적은 합격에 있기 때문에 여기서 방향을 잘못 잡게 되면 면접관과의 동상이몽이 시작된다.

모든 비즈니스 관계는 윈윈win-win 케이스를 최우선으로 한다. 면접도 마찬가지이다. 면접관과 지원자의 관계는 필요한 인재를 뽑고, 자신이 원하는 회사에 입사하는 것이 서로의 목적이다. 결국 면접관의 니즈needs를 만족시키는 것이 면접 성공의 길이다.

면접관의 니즈는 기업에 필요한 인재 선별에 있다. 쉽게 말해 면접관의 인재 파악 요소는 '기업'에 대한 이해도, 즉 지원한 기업에 대한 전문 지식에 있다. 면접관은 지원한 회사에 대한 정보와 방향성, 지원한 분야의 비전을 지원자가 얼마나 파악하고 있는지를 중점적으로 본다. 그리고 지원자 자신이 이 분야에서 어떤 일을 할 수 있으며, 어떻게 기업의 비전에 동행할 수 있는지에 대해 파악하여 서로 윈윈이 될 수 있는지를 파악한다.

면접을 면접자와 기업 간의 맞선 자리라고 생각해보자. 맞선을 나오기 전, 상대방이 어떤 음식을 좋아하는지, 어떤 스타일을 좋아하는지, 어떤 성향인지 등 상대방에 대한 정보를 사전에 입수하여 맞선 자리에서 그에 맞게 행동하고 배려한다면 상대방은 자연스럽게 좋은 첫인상을 받을 수 있다.

면접 또한, 지원한 기업에 대한 다양한 정보를 미리 알고 접근한다면 면접관에게 좋은 이미지를 줄 수 있다. 이런 모습은 면접관에게 지원자가 이 회사에 얼마나 큰 열정과 열망을 품고 있는지를 잘 보여주는 요소가 된다.

두 번째 요소 • '사람'

| '사람'이라 함은 지원자에 대한 인상과 인성을 뜻한다.

인상은 가장 먼저 눈에 들어오는 외모와 태도로 판단되는데, 외모에는 머리부터 발끝까지 단정한 옷차림인지, 건강 상태는 어떠한지, 외모에서 보이는 호감도는 어떠한지 등을 본다.

옷차림은 'TPO'에 적합한 시간TIME, 장소PLACE, 상황OCCASION에 맞는 옷차림을 했는가를 보며, 깔끔하고 단정한지를 본다. 요즘은 특히 회사 분위기에 따라 요구되는 면접 복장도 달라지고 있어 무조건 정장 차림이면 된다고 여기면 오산이다. 창의성과 자유로움을 요구하는 IT계열이나 게임 업체 같은 경우에는 캐주얼 정장 스타일을 선호하지만, 금융업계에서 그런 옷차림은 역효과를 일으킨다.

건강 상태도 의외로 면접에서 중요한 요소이다. 면접 날 몸이 아프거나 컨디션이 나빠 좋지 않은 인상을 주게 되면 자기 관리 실패로 여겨 좋지 않은 평가를 받게 된다. 입사를 한다 하더라도 건강상의 이유로 혹은, 자기 관리 실패로 지각, 조퇴, 휴가가 잦을 수 있다고 여기기 때문이다.

외모적인 부분 때문에 '취업 성형'까지 하는 경우도 있지만, 그런 부분보다 헤어스타일과 웃는 인상으로 긍정적인 모습을 보여주는 것이 더욱 중요하다. 어중간한 헤어스타일로 어수룩해 보이거나 자신감 없는 표정과 흐리멍덩한 눈빛은 감점 요인이니 유의해야 한다.

세 번째 요소 • '융합'

| '융합'은 이 인재가 회사에서 어떤 역할을 할 수 있는지, 이 인재가 회사에 얼마나 잘 녹아 들 수 있는지에 대한 '성장 가능성'을 보는 것이다.

회사 입장에서 능력이 비슷비슷한 인재는 널리고 널렸다. 더 뛰어난 학력과 스펙을 가진 인재들은 수없이 많다. 하지만 아무리 능력이 뛰어난 인재도 조직에 녹아 들지 못하고, 조직원과 융합되지 못한다면 회사에서는 불필요한 인재가 된다. 회사는 개인의 능력이 아닌 조직에서 시너지 효과를 일으킬 인재를 원한다.

기업은 1, 2년 안에 성과를 일궈내는 인재가 아닌 10년, 20년 기업의 비전과 함께할 인재를 원한다는 것을 기억해야 한다. 그렇기에 기업은 인재를 등용한 이후에는 그 사람이 조직에서 훌륭한 조직원으로 성장하도록 지원과 투자를 하는 것이다.

면접은 어렵고 불편한 자리이다. 하지만 나를 알릴 가장 좋은 기회이기도 하다. 불과 몇 분밖에 되지 않지만, 어떤 준비를 하느냐에 따라 짧은 시간에 많은 것을 이끌어낼 절호의 찬스가 바로 면접이다.

기회도 준비된 자가 잡는 법이다. 면접을 보기 전, 정밀 점검을 통해 기회를 성공으로 이끌어내자.

면접의 종류

기업에 따라, 지원 분야에 따라 다양한 종류의 면접이 있다.

단독 면접

| 단독 면접은 지원자와 면접관이 1:1로 마주하는 형식을 뜻한다. 우리가 일반적으로 면접이라고 말하는 형태이다. 단독 면접은 주로 경력직을 수시 채용하는 외국계 기업이나 국내 벤처 혹은 중소기업에서 주로 이용하고 있는데, 예전에는 무겁고 딱딱한 분위기의 면접이었다면 최근에는 가볍고 즐거운 분위기로 유도하는 편이다. 국내 기업에서는 주로 실무 능력을 평가하는 팀장급 이상의 1차 면접과 인성과 적성을 판단하는 임원 면접을 2차로 진행하는데, 외국계 기업의 경우에는 5~6차례 이상 하기도 한다.

개인 면접

| 개인 면접은 지원자와 면접관이 개인별로 면접을 진행하는 방식으로 단독 면접과 같은 형태이지만, 1:1이 아닌 지원자 한 명에 면접관은 다수가 참여한다는 점에서 차이점이 있다. 다수의 면접관을 상대해야 하는 지원자로서는 다른 면접 방식보다 부담감을 크게 느낄 수밖에 없는데, 면접관은 각자 다른 평가 요소를 지원자에게 질문한다.

개인 면접은 지원자에 대해 자세히 알아보기에는 좋은 방법이나, 시간이 많이 걸리고 면접관의 주관이 작용될 수 있다는 단점이 있다. 지원자에게 심한 압박감을 주기도 하므로 최근에는 가능하면 지원자가 편안하고 가벼운 마음으로 면접을 볼 수 있게 해주는 추세이다.

집단 면접

| 집단 면접은 다수의 지원자와 다수의 면접관이 대화를 나누는 면접 방식이다. 여러 명의 지원자를 한꺼번에 평가하는 방식으로 시간을 단축하는 데 좋은 면접 방식이다. 중견 기업이나 대기업 공개채용 등 일정 규모 이상의 인원을 채용하는 경우에 주로 사용한다.

다수의 인원이 동시에 진행하는 방식으로 다소 산만하기도 하지만, 같은 질문에 다른 지원자보다 지혜로운 답변을 할 수 있다면, 좋게 작용하기도 한다.

한 면접관에게 질문을 받아도 전체 면접관에게 답변하는 것처럼 말하는 것이 좋으며, 다른 지원자가 대답할 때 경청하는 자세도 중요하다.

집단토론 면접

| 집단토론 면접은 하나의 주제로 지원자들이 토론을 통해 결론을 도출하고, 면접관들은 그 과정을 관찰, 평가하는 방식이다. 이러한 방식은 중견기업과 대기업 공채에서 주로 사용되는 방식 중 하나인데, 직군에 따라 다른 주제가 주어지는 것이 일반적이다.

개인 면접이나 집단 면접으로는 파악할 수 없는 지원자의 사회적인 능력, 즉 적극성, 협조성, 이해력, 지도력, 발표력 등을 평가하기에 좋은 면접 방식이다. 집단토론 면접은 나와 다른 의견을 가진 지원자를 제압하는 것에 목적이 있는 것이 아니니, 상대방의 의견도 존중하며 경청하는 자세가 중요하다.

프레젠테이션 면접

| 프레젠테이션 면접은 자신이 지원한 분야와 관련된 주제를 선정해 발표함으로써 지원자의 지식 능력과 발표 능력, 가치관, 분석 능력 등을 파악하는 면접 방식이다. 종종 외국어로 진행하는 기업도 있다.

업무 시뮬레이션 면접

| 업무 시뮬레이션 면접은 지원자가 입사 후 업무 현장에서 실제로 담당할 업무를 시뮬레이션 해보는 면접 방식이다. 이 과정에서 지원자의 행동이나 태도를 관찰하여 현실적인 업무 적합성을 판단해본다. 대개 업무 지원자가 난감해할 상황을 제시하는 경우가 많다.

전화 면접

| 전화 면접은 대개 면접인 줄 모르고 답변하는 경우가 많아 좋지 못한 평가를 받기도 한다. 주로 외국계 기업에서 경력사원을 채용할 때나 중소기업에서 서류전형을 통과한 지원자를 대상으로 하는 경우가 많은데, 면접 일정을 잡아주려고 전화한 회사 직원의 전화인 줄 알고 준비되지 않은 답변으로 실수를 범하곤 한다.
ㄱ 전화가 면접이든, 단순한 정보 전달의 전화이든 실제 면접으로 여기며 성의 있게 답변할 수 있어야 한다.

아직 단독이나 개인 면접, 그리고 집단 면접의 형태로 면접을 보는 경우가 대부분이지만, 갈수록 정형화된 면접이 아닌 술자리 면접, 노래방 면접, 등산 면접, 체육대회 면접 등 자사만의 독특하고 개성 있는 면접 방식을 사용하는 기업이 늘고 있는 만큼 입사가 결정되기까지 어떠한 자리에서든 방심은 금물이다.
면접 방식과 형태는 다르더라도 면접의 목적은 동일하다. 자사에 맞는 지원자인지, 기업이 필요로 하는 인재상에 가까운지를 선별하는 것이 목적임을 잊지 말아야 한다.

　면접에서 가장 중요한 것은 긍정적이고 밝은 에너지를 보여주는 일이다. 어떤 면접에서든 그러한 에너지를 보여줄 수 있다면 좋은 평가를 받을 수 있다. 면접도 사람과 사람이 만나 소통하는 일이니 말이다.

영어 면접

구직자들에게 가장 두려운 것 중 하나가 면접이다. 어떤 질문을 할지, 어떻게 대답해야 할지 막막하므로 두려워한다. 그중에서도 더욱 두렵고 어려운 것이 바로 영어 면접이다.

안타깝게도 영어 면접을 하는 기업은 열 군데 중 일곱 군데 정도로 점차 늘어나는 추세이기 때문에 이제 피할 수 없는 상황이 되고 말았다. 피할 수 없는 상황이라면 즐기는 수밖에 없다. 즐겁게, 그리고 철저하게 준비하여 두려웠던 영어 면접에서 오히려 기회를 잡는 쪽을 선택해야 한다.

영어 면접은 일반적으로 외국인 진행 하에 10분 내외로 질문과 답변을 하게 된다. 하지만 더러는 프레젠테이션으로 진행하기도 하며, 토론 형식으로 시행하는 데도 있으니 참고하기 바란다.

영어 면접은 일상적인 생활 회화 정도의 수준에서 진행되지만, 해외 사업부나 기획, 마케팅 쪽의 영어 면접은 질문의 난도가 높은 편이니 이 분야의 지원자들은 영어 면접에 특별히 더 주의를 기울여야 한다.

■ 기업별 영어 면접 방식

기업	면접 방식
삼성물산	특정 주제에 찬반 정해 영어 토론
현대자동차	영어 지문 등에 대한 지원자의 생각 말하기
LG화학	지원자 수준에 맞는 난이도의 주제에 대해 대화
롯데백화점	요약된 영어 기사에 대한 지원자의 견해 말하기
이마트	가상의 비즈니스 상황에 대한 대처 능력 평가
셀트리온	비즈니스 이메일 작성 후 자기소개

(출처: 한경 JOB 보도자료)

영어 면접 준비 사항

영어 면접 예상 질문을 정리하여 충분히 연습한다.

■ 영어 면접에서 예상되는 질문

　— 자기소개 및 성격의 장단점

　— 자신의 목표

— 사회적 이슈에 관한 자신의 생각

— 인성 관련 질문

| 영어 면접에서 던져질 예상 질문은 일반적으로 지원자와 회사에 관한 내용에서 벗어나지 않는다. 일반적인 회화 실력과 영어로 얼마나 다양한 표현이 가능한지를 보려는 것이니 범위 내에서 다양한 영어 표현을 준비하는 것이 좋다.

예상 질문에 대한 답변은 통상적인 대답보다 자신만의 대답을 준비하도록 하자. 어떤 답변을 하든 문장 채로 외웠다는 느낌을 주어서는 안 된다. 녹음기에 녹음해가면서 언제 어디서든 이 질문에 자연스럽게 답변이 나올 정도로 연습해두어야 한다.

단답형 대답은 피하고 쉬운 단어로 표현한다

| 간혹 길게 대답하려다가 표현이나 어법이 틀려 감점 요인이 될까 봐 단답형으로 대답하는 경우가 있는데, 오히려 역효과가 일어날 수 있으니 유의하도록 한다. 대답은 최대한 다양하고 풍부한 표현법을 드러내는 것이 좋으며, 틀리더라도 자신감 있게 대처하는 모습이 오히려 플러스 요인이 된다. 또한, 영어 면접은 외국인이 직접 보는 경우가 많기 때문에 풍부한 감성적 표현으로 대답한다면 더 좋은 평가를 받을 수 있다.

그리고 너무 어려운 수준의 단어를 쓰려고 하기보다, 중학교 수준

의 단어로 표현하는 것이 듣는 이에게 더 편한 느낌을 준다. 굳이 어려운 단어를 골라 대답하다 보면 뜻이 맞지 않는 단어를 쓰는 경우도 있기 때문에 오히려 맞지 않는 옷을 입은 듯한 어색함을 불러 일으키게 되니 유의하기 바란다.

참고로 한국어 문장에서는 주어를 생략해도 표현이 자연스럽지만, 영어에서는 주어를 생략하면 잘못된 문장이 되니 빠뜨리지 않도록 주의하자. 영어 면접에서 가장 포커스를 맞춰야 하는 것은 풍부한 표현력이자 자연스러움이다.

서두르지 않는다

│ 사람은 긴장하면 자신도 모르게 말하는 속도가 빨라지게 되므로 영어 면접에서 속도에 늘 신경을 써야 한다. 특히 외운 답변의 경우 더욱 그러하니 조심하도록 한다. 외운 부분에서는 속도가 빨라지고, 그러지 못한 부분에서는 버벅거리면 누가 봐도 외운 티가 나니 평균 속도를 유지하는 것이 중요하다. 자신이 영어에 자신이 있다 하더라도 너무 빠른 속도는 거만해 보이므로 실력을 떠나 적절한 속도를 유지하며 답변하는 연습을 해두어야 한다.

질문을 명확하게 이해하여 답한

│ 간혹 면접관의 질문을 제대로 이해하지 못했거나, 말을 못 알아들었을 때는 다시 물어보더라도 정확하게 질문을 이해하도록 한

다. 다시 말해달라고 요청하는 것이 불편해 질문을 추측해 엉뚱한 답변을 하게 되면 어학 능력뿐만 아니라, 사람에 대한 신뢰도 흔들릴 수 있다.

철저한 연습은 자신감을 불어넣는다. 영어 면접을 볼 때면 긴장감에 얼굴이 굳어 박제된 것 같은 표정으로 답변하곤 하는데, 그렇게 굳어서는 말도 자연스럽게 나오지 못한다. 충분한 자신감이 생길 때까지 철저한 연습으로 자연스러운 영어 면접을 맞이하도록 하자.

면접에서 자주 하는 질문

면접은 질문하고 질문에 답하는 시간이다. 면접관은 인재를 가려내기 위해 계속해서 묻고, 지원자가 그 물음에 얼마나 현명하고 독창적인 대답을 하느냐에 따라 평가가 달라진다.

기업마다 면접관의 질문 스타일은 다르지만, 일반적으로 하는 질문은 비슷비슷하다.

우선 면접에서 하는 질문은 크게 다섯 가지 형태로 나뉜다.

본인 소개

> 본인 소개에는 많은 것이 포함된다. 본인의 장단점에서부터 취미, 특기, 학창시절과 사회경험까지의 성장 스토리 등등 다양한 것을 담고 있다.

물론 사전에 제출한 자기소개서를 통해 지원자에 대한 정보는 확인할 수 있지만, 면접관은 지원자의 서류를 다시 한 번 검토하는 동안 자기소개를 짧게 해보라는 말을 종종 던진다. 이때는 자신이 지원한 분야에 맞게 자신의 전공이나 관련된 활동 경험에 관해 얘기하는 것이 좋다. 그리고 자신의 사상이나 신념 등을 구축하게 된 에피소드에 대해서 얘기해도 좋다.

자기소개를 듣고 자신이 발언한 부분에 대해 추가 질문이 들어올 수도 있으니 대비해 두는 것 또한 중요하다. 그리고 방금 말한 자기소개를 영어로 해보라는 경우도 간혹 있으니 이에 대한 대비 역시 해두어야겠다.

자기소개는 1분 내외로 녹음해보면서 반드시 연습해야 한다. 목소리 톤은 어떤지, 속도가 너무 빠르거나 느리진 않은지 녹음하여 들어보면서 연습해야 한다.

자기소개를 할 때는 가족에 관한 이야기나 과장된 표현은 삼가야 한다. '화목한 가정의 둘째로 태어나', '장남이라서 책임감이 좋습니다' 이런 발언은 식상하고 구태의연한 표현이다. 그리고 '회사에 목숨을 바치겠습니다', '뽑아만 주신다면' 이런 발언도 오히려 반감을 사기 좋은 표현이니 조심하도록 한다.

지원 동기

│   면접에서 가장 많이 등장하는 질문은 바로 이것이다.

"우리 회사에 지원한 이유가 무엇입니까?"

이 질문의 근본 목적은 지원자가 이 회사에 대해 얼마나 알고 지원한 건지, 얼마나 애정을 가지고 이 회사에 지원한 건지를 알기 위함이다. 단순히 돈을 벌기 위해 지원한 건지, 이 회사에서 자신의 이루고픈 미래가 분명하여 지원한 건지 이 질문에서 변별력이 가장 확실히 드러나기 때문에 면접에서 절대 빠지지 않고 등장하는 질문이다.

이 질문에 그저 입에 발린 말로 대답하는 것이 아니라, 과거 이력에서부터 전공이나 현재의 관심사, 지원한 회사와 분야의 연결고리를 만들어 대답하도록 한다. 구체적이고 분명한 타당성 있는 대답으로 지원한 회사에 대한 이해도를 보여주는 중요한 사항이다.

시사, 일반 상식

│ 사람은 자신의 관심사와 가치관에 따라 세상을 바라본다. 신문이나 뉴스를 접할 때도 자신의 관심 분야 위주로 보는 것이 일반적이다. 그렇기에 면접에서 종종 오늘 아침, 혹은 최근 본 기사 중 기억에 남는 것을 말해보라고 할 때가 있다. 이것은 지원자의 관심사나 성향을 알아보기 위함이다. 이 질문의 답변에 따라 지원자가 지원한 분야에 얼마나 적절한가를 판단하기도 한다.

하지만 이것과 별개로 최근 굉장히 사회적으로 이슈가 되는 사건들을 꼭 알아두도록 한다. 회사생활은 사회 전반적인 이슈와 사건에 따라 그 영향을 받는 경우도 많기 때문에 기본적인 사회성과 상식은 꿰고 있음을 보여주어야 한다. 특히 경제신문을 읽어 두면 면접에서 지식인으로서의 식견을 보여줄 수 있어 많은 도움이 된다. 질문을 받았을 때 너무 정치적인 답변은 하지 않도록 한다. 면접관이 정치적 성향을 드러내는 질문을 해서도 안 되지만, 굳이 지원자가 자신의 정치적 성향을 드러내며 답변하는 것도 어리석은 짓이다.

시사와 일반 상식에 관한 질문에서는 자신의 관심사와 성향도 중요하지만, 경제적인 부분과 연결지어 답변하면 지식인의 면모를 드러낼 수 있다. 반대로 어떤 답변이든 설득력 없고 터무니없는 대답은 감점이 되니 유의하기 바란다.

직장생활과 업무 능력

| 면접관에게 역시 가장 중요한 질문은 지원자가 회사 생활에 잘 적응할 수 있느냐이다. 아무리 뛰어난 능력을 가졌더라도, 아무리 성실하더라도 회사 동료와 융합할 수 없다면, 회사 업무를 제대로 이행해내지 못한다면 해당 지원자를 채용할 하등의 이유가 없기 때문이다.

면접의 목적은 회사에 꼭 맞는 인재를 선별하는 것이다. 서류로 확인된 인재의 실체를 확인하는 데 목적이 있다. 그렇기에 직장생활과 업무 대처 능력을 확인하는 질문은 필수 코스이다.

"해보지 않은 일인데 잘할 수 있겠어요?"

"지원한 부서로 배치받지 못하면 어떡하겠어요?"

"실제 업무가 생각했던 것과 다르면 어떡하겠어요?"

면접관에 따라 조금씩 질문 방식은 다르지만 이러한 형태의 질문으로 지원자의 사고방식, 상황 대처 능력, 조직 적응력 등을 확인하려 할 것이다. 이때는 무조건 하겠다, 해낼 수 있다는 대답보다 자신이 유연한 사고 능력과 조직 생활에 잘 적응할 수 있는 배려심을 지녔음을 드러내는 대답으로 긍정적 성향의 사람임을 보여주어야 한다.

너무 욕심이 없는 착한 사람으로 보이기보다 선한 경쟁심으로 언제나 성장을 추구한다는 것을 드러내면 좋다. 면접관은 지금의 당신보다 얼마나 성장할 수 있는지로 당신을 판단할 테니 말이다.

압박 면접

| 마지막으로 압박 면접이다. 압박 면접은 지원자에게 대답하기 곤란한, 혹은 직설적 질문으로 지원자를 당혹스럽게 만드는 방법이다.

입사 동기들보다 나이가 많은 편이라면,

"입사가 늦은 편인데, 조직 생활에 잘 적응할 수 있겠습니까?"

스펙이 다른 지원자보다 떨어진다면,

"다른 지원자에 비해 성적도 낮고, 어학 능력도 부족한 편인데, 우리가 당신을 채용해야 할 이유가 있을까요?"

희망 연봉을 적었다면,

"희망 연봉이 OOO만 원인데, 우리 회사 신입사원 연봉은 그만큼 되지 않습니다. 괜찮습니까?"

이러한 질문들로 지원자가 대답하기 곤란하게 만든다.

이럴 때는 당황하지 말고, 신뢰감을 주는 대답으로 호감도를 높여야 한다. 부정적 시각으로 던진 질문도 다른 측면으로 접근해 긍정적으로 볼 수 있음을 알려주는 답변이면 면접관을 만족시킬 수 있다. 그리고 어떤 질문에도 당황하는 기색을 보이지 말고 차분하고 겸손한 태도를 유지하는 것이 중요한데 이것만으로도 신뢰감을 줄 수 있다.

면접은 사람과 사람 간의 소통이자 만남이다. 소통이 잘되면 좋은 만남이 되고, 좋은 만남은 좋은 인연이 된다.

문제 속에 답이 있듯이 면접관의 질문 속에 면접관이 원하는 답이 숨겨져 있다. 귀를 잘 기울여 면접관의 의도를 잘 찾아낼 수 있다면 훌륭한 답변도 찾아낼 수 있다. 그리고 그렇게 할 수 있다면 면접관과의 소통에서도 좋은 결과를 이끌어낼 수 있다.

면접은 지원자에게 기회의 장이다. 딱딱한 서류에서 벗어나 진정한 자신을 드러내는 기회이다. 이 기회를 잘 잡아 세상에 둘도 없는 당신임을 면접관에게 어필해야 한다.

면접 스피치

면접이 사람과 사람 간의 대면이자 소통의 자리이다 보니 무엇보다 대화 방식이 중요하게 작용한다. 같은 질문에 같은 대답이라도 어떤 톤과 어떤 자세로, 어떤 속도로 답하느냐에 따라 평가가 달라진다.

이번 장에서는 면접에서 어떤 자세와 방법으로 스피치를 하면 좋은지 정리해보자.

바르게 인사하기

| 인사는 소통의 시작이자 스피치의 기본이다. 제대로 된 인사가 선행되지 않으면 그 뒤의 모든 말들이 부정적 이미지를 갖게 된다. 인사하는 것쯤이야 무엇이 어렵겠느냐고 생각할 수도 있겠지만, 인사를 제대로 하기란 생각보다 쉽지 않다.

그저 고개를 숙여 하는 인사는 누구나 할 수 있다. 하지만 인사는 하는 사람이 아니라 인사를 받는 사람의 입장에서 고려해야 한다. 인사를 받는 사람이 제대로 된 인사를 받았다는 느낌을 주어야만 진정한 인사라고 할 수 있다.

모든 상황이나 사건은 사람의 주관적인 사고로 판단되기 때문에 자신은 고개를 숙여 제대로 인사했다고 하더라도 상대방이 고개만 까딱거리는 건방진 인사라고 느꼈다면 그건 잘못된 인사이다. 그렇다고 90도 이상 허리를 접어 인사하는 것이 좋은 것만도 아니다. 그저 인사를 받는 사람이 오해하지 않는 선에서 하면 된다.

인사를 건넬 때 오해를 받지 않으려면 가볍게 고개를 숙이며 큰 목소리로 인사를 건네야 한다. 침묵하며 고개만 숙이기보다, 살짝 고개를 숙이면서 "안녕하십니까!" 라고 소리 내어 인사하도록 한다. 인사가 첫인상을 좌우하는 만큼 밝고 힘찬 에너지를 보여주어야 한다. 우리는 모두 초등학교 때부터 배워 잘 알고 있다. 인사성이 바르면 좋은 첫인상을 주게 되고, 좋은 첫인상은 호의를 갖게 한다는 것을 말이다.

감정 조절하며 말하기

사람의 액션은 감정에 따라 좌지우지된다. 화가 나면 눈동자가 커지고, 두려움을 느끼면 움츠러든다. 이는 대화를 할 때도 마찬가지이다. 흥분하게 되면 목소리 톤이 높아지고, 속도가 빨라진다.

당황하게 되면 말을 더듬고, 소리는 점점 더 작아진다.

말은 말하는 사람의 감정에 많은 영향을 받기 때문에 면접을 할 때는 우선 자신의 감정을 잘 다스려야 한다. 면접관이 난처한 질문을 하더라도, 공격적인 질문으로 당황하게 하더라도 자신의 감정을 드러내 보여선 안 된다. 원색적 감정을 있는 그대로 다 드러내면 교양 없어 보이므로, 어떤 질문에도 답변할 때는 밝은 톤과 적절한 속도를 유지하도록 유의한다.

면접관들은 계속하여 당신의 감정을 흔들 것이다. 그러면서 당신이 어떻게 반응하는지, 어떻게 대처해 나가는지 지켜볼 것이다. 당신의 감정을 들키지 마라. 당신의 감정을 들키게 되면 당신의 생각도 읽힌다. 이미 그릇의 바닥을 다 보인 인재에는 흥미를 잃게 된다.

말 끊지 말기

| 때로는 내가 하는 말을 제대로 이해하지 못했거나, 자신의 의도와는 다른 결과가 나오면 다급해진 나머지 해선 안 될 행동을 한다. 면접관의 말을 끊거나, 면접관이 얘기할 시간을 주지 않고 자신의 얘기만 계속해서 하는 행동 말이다.

이것은 더 안 좋은 상황을 만들어 버린다. 대화, 즉 말은 곧 힘을 의미한다. 어느 조직에서든, 어느 대화에서든 말의 우선권을 가진 자는 힘, 권력을 가진 자의 몫이다.

그런데 아무리 오해를 풀기 위해서라지만 면접관의 말을 끊고 자신의 입장을 표명한다? 이것은 면접관의 주도권을 뺏는 행위이며, 자신의 현 상황을 망각한 행위이다. 오해를 했든, 틀린 말을 했든 중간에 말을 잘리게 되면 자신이 무시당했다고 느낀다. 하물며 친구 사이에서도 이런 느낌을 받는데 면섭에서 면접관이 지원자에게 이러한 느낌을 받게 되면 그 뒤의 평가는 보지 않아도 뻔하다.

원활한 소통의 기본은 상대방의 기분을 상하게 하지 않는 것이다. 어떤 식으로든 상대방의 기분이 상했다면 소통을 제대로 하지 못한 것이다.

물론 자신의 말을 오해했다면 바로 잡아주고 싶고, 자신의 어떤 점을 잘못 알고 있다면 아니라고 어필하고 싶을 것이다. 하지만 현재 이 자리는 면접을 위한 자리다. 그러한 욕구는 최대한 누르고 면접관의 말을 끝까지 경청할 수 있어야 한다.

대게 말을 잘하는 사람일수록, 똑똑한 사람일수록 이러한 욕구를 참지 못하는 경향이 있는데 순간적인 이런 욕구를 참아내지 못하면 좋은 결과를 얻기 힘들다. 아무리 옳은 생각일지라도, 더 나은 생각일지라도 제대로 전달되지 못하면 그 빛을 보지 못한다.

수없이 들어왔던 말, 소통의 기본은 경청이라는 것을 잊어선 안 된다.

바른 자세 유지하기

│ 대화를 할 때는 언제나 바른 자세가 선행되어야 한다. 허리를 펴

고 꼿꼿한 자세를 유지하고, 턱은 약간 잡아당긴 채로 면접관의 눈을 마주 보며 말해야 한다. 자세가 바르지 않으면 목소리 톤과 힘도 떨어지게 된다. 같은 대답이라도 성의 없어 보이고, 불성실해 보인다.

대화할 때 입은 배출구일 뿐이다. 뇌에서 생각하고 배라는 울림통에서부터 성대를 지나 입으로 소리가 나오게 된다. 소리 자체가 입에서 나오는 것이 아니다. 그렇기 때문에 자세가 바르지 않으면 소리의 관이 막히게 되어 힘 있는 소리가 제대로 나오지 못하는 것이다.

이것은 전화 통화를 할 때도 마찬가지이다. 바른 자세로 전화 통화를 할 때와 누워서나 고개를 숙이고 통화를 할 때의 목소리 톤은 분명한 차이가 난다. 간혹 도움을 받기 위해 콜 센터에 전화할 때면 목소리만으로도 상담원의 자세가 그려지는 건 우연이 아니다.

말을 할 때의 자세는 오랜 습관에 굳어져 있는 경우가 많아 처음에는 신경을 쓰고 말을 하다가도 조금만 집중을 하지 않으면 금세 허리가 구부러지고 고개가 숙여지곤 하니, 습관이 될 때까지 항상 주의하고 연습하는 것이 중요하다.

리액션 하기

| 면접에서 자신이 말하는 것도 중요하지만, 듣는 자세도 중요하다. 자신이 말하는 것만 중요하게 생각하고 상대방의 말을 제대로 듣지 않는다면 백 번 말을 잘해봤자 무용지물이 되어버린다.

대화의 기본은 경청이다. 상대방이 내 이야기를 제대로 들어준다고 생각하면 마음이 열리고, 마음이 열리면 자신의 이야기를 시작하게 되는 것이다.

면접관은 질문하는 사람이지만, 그 질문을 제대로 이해하는 것도 중요하며, 질문을 집중하여 듣고 있음을 보여주는 것도 중요하다. 면접관이 이야기할 때는 눈을 마주 보며 가볍게 고개를 끄덕이며 경청하는 것이 좋다. 길어지는 말에도 끝까지 가볍게 리액션 하며 듣는 인내심도 중요하다. 성격이 급한 사람들은 면접관의 말이 끝나기도 전에 답변하려는 듯한 행동을 보이는데, 이는 면접관 입장에서 기분이 상하는 일이니 면접관의 말이 완전히 끝날 때까지 차분히 경청하는 자세를 유지하도록 한다.

언어 습관이 이론만으로 바로 적용되고 고쳐질 수 있는 것은 아니다. 이론적으로 이해했더라도 하루아침에 바뀔 수는 없다. 항상 연습하고, 실생활에서도 습관이 될 만큼 연습하고, 반복해야만 면접에서도 자연스러운 스피치가 가능해진다.

그렇게 된다면 면접뿐만 아니라 어느 누구를 만나 소통하든 좋은 이미지를 줄 수 있다. 면접만을 위한 단발성 습관이 아닌, 자신의 삶을 위한 100세 습관이 되도록 꾸준히 연습하자.

면접은 면접관과의 커뮤니케이션 자리이다. 그렇기에 면접에 정답은 없다. 사람마다 성향이 다르고 취향이 다르듯이, 면접관마다 성향도 취향도 다르다. 그렇기 때문에 무조건 합격한다고 말할 수 있는 정답은 정해져 있지 않다. 그저 통상적으로 이런 사람에게 호감을 느끼고 좋은 결과를 가져다줄 것이라고 말할 수 있을 뿐이다.

이 책에 쓰인 내용을 가지고 어떻게 상황에 맞게 대처하고 요리하느냐는 당신의 역량에 달렸다. 최대한 이 책에 담긴 다양한 정보와 내용으로 자신이 할 수 있는 최고의 요리를 준비해야 한다.

면접 노하우

일본에서는 면접을 볼 때 '야루끼やるき'라고 해서 할 마음이 있느냐, 없느냐를 가장 중요하게 본다. 그것은 어느 나라에서든 마찬가지이다. 할 의지가 없어 보이는 사람을 굳이 채용하는 회사는 어디에도 없다. 자신이 이 회사에 애착이 있으며, 열정이 있음을 보여 주는 것은 그 어떤 스펙도 뛰어넘을 수 있다. 2차 면접에서 떨어졌지만 다시 전화를 걸어 자신의 열의에 대해서 말해 결국 합격한 일도 있다.

스스로 자신감을 가지고, 아부나 아첨이 아닌 무엇을 하든 열심히 잘 해낼 자신이 있음을 보여주고, 언제든지 시작할 준비가 되었음을 보여 주는 것이다. 면접에는 그 어떤 우연도, 행운도 작용되지 않는다. 당신이 취직이 되었다면 면접관은 당신에게서 무언가를 분명 본 것이다. 운이 좋아서 뽑히는 일 따윈 없다.

당신의 뜨거운 의지는 전해진다. 강력한 의지로 눈빛만으로도 전해지게 하자.

그런데 면접 분위기가 화기애애하고 좋았는데 탈락 통지를 받아 충격을 받은 경우가 있을 것이다. 분위기도 좋았고, 면접관에게 칭찬까지 받아 합격을 확신했는데 결과는 달랐던 경우 말이다.

이런 경우에는 일반적인 탈락보다 더 큰 실망과 충격을 받아 취업을 포기하기도 한다. 웃고 즐거운 분위기에 스스로도 만족스러웠던 면접이었는데 전혀 반대의 결과가 나오자 자괴감에 빠져 취업 자체를 포기해버리는 것이다.

하지만 이것은 면접에 대해 잘못 이해했기 때문이다. 면접은 분위기로 결정되는 것이 아니다. 면접이 개그맨 오디션도 아닌데 면접관을 웃겼다고 합격으로 생각하는 것은 큰 착각이다.

면접은 이성적인 것이다. 이익과 손해를 계산하는 비즈니스의 자리란 뜻이다. 면접관이 웃고 있든 무표정을 짓고 있든 그것은 합격 여부와 상관없는 요소이다. 앞선 면접 자리는 웃고 즐거운 분위기였는데 자신의 면접은 조용하고 진중한 분위기라고 해서 기죽을 필요도 없고, 자신의 면접 자리가 웃고 즐거운 분위기가 된다 하더라도 긴장을 늦추고 집중력을 떨어뜨려서도 안 된다는 것이다.

면접관을 웃길 필요도 없고, 면접관의 미소도 기대하지 마라. 면접에서는 그 시간 동안 오로지 자신을 최대한 피아르PR하는 것에만 집중하라. 면접관의 웃음에 현혹되지 말아야 한다.

면접관의 질문에 길게 답하려는 사람들이 있다. 다양한 표현력으로 자신을 드러내고 싶은 마음에 이러한 경우가 종종 있는데 너무 길게 답하다 보면 진지한 느낌을 놓치게 되니 유의하기 바란다.

면접에서 중요한 것은 표현력이 아니라 키워드이다. 면접관은 하루에도 몇십 명을 만나는데 특별한 키워드가 없는 사람은 기억조차 하지 못한다.

면접은 커뮤니케이션이다. 면접을 포함한 모든 커뮤니케이션에서는 자신을 남겨야 한다. 게다가 1:1이 아닌 다수와의 커뮤니케이션에서는 더욱 그러하다. 그 사람을 떠올렸을 때 딱 떠오르는 키워드가 있어야 기억하기 쉽다.

면접이 끝나고 면접관은 다시 한 번 서류를 들춰보며 지원자를 떠올린다. 지원자를 떠올렸을 때 함께 떠오르는 키워드가 있어야 그 사람과의 시간을 빠르게 상기시킨다.

키워드를 남기려면 고유명사를 반복하고 숫자를 많이 사용하면 된다. 자신의 지원 동기나 경험에 대해 말할 때 '열정'을 중점적으로 반복하여 말하거나, 경험에 대해 말할 때도 그저 '공사장에서 일했습니다'보다는 '1년간 하루도 빠지지 않고 365일 동안 약 1만 장의 벽돌을 날랐습니다' 같이 숫자를 써주는 것이 기억되기 좋다.

상대방의 기억에 남으려면 구체적으로 이야기하는 것이 좋다. 상대방의 이야기를 들으면서 상상할 수 있어야 기억에 잘 남기 때문에 같은 대답이라도 너무 길어지지 않는 선에서 구체적으로 답변하도록 한다.

면접에서의 금지 행동

　면접에서 자신감 있는 모습을 보이려고 너무 큰 소리로 대답하다 보면 오히려 역효과가 일어난다. 면접은 진중하고 차분한 분위기로 진행되는 경우가 많은데 지원자가 너무 큰 소리로 답변하다 보면 그 성량에 지원자의 대답은 들리지 않고 불쾌감만 들 수 있다. 너무 큰 소리는 자신감보다 산만하다는 느낌을 줄 수 있으니 주의하자.

　면접 대기실에서도 돌아다니거나 큰소리로 연습하는 행동은 삼가야 한다. 자신의 이름이 호명될 때에도 큰소리로 대답하기보다는 호명한 사람이 들릴 정도로만 대답하도록 한다. 대기실에서부터 차분하고 진중한 태도를 보이는 것이 중요하다.

　면접은 자신을 피아르PR하는 시간이다. 타인을 깎아내리면서 자신을 세우려는 행위는 오히려 자신의 신뢰를 떨어뜨리기 일쑤다. 모든 조직

생활의 분란은 누군가를 깎아내리는 것에서 시작된다. 타인을 험담하는 사람은 조직에서 환영받지 못한다.

면접에서는 오로지 자신만을 주체로 이야기해야 한다. 타인과 비교할 필요도, 깎아내릴 필요도 없다.

면접관의 질문이나 반응에 쉽게 동요해서는 안 된다. 얼굴에 감정이 다 드러나고 동요하는 모습을 보이면 자신의 한계를 드러내는 것과 마찬가지다. 지원자의 한계가 다 파악되어 버리면 이 사람에 대한 흥미를 잃게 된다.

면접관과의 밀고 당기기도 중요한 사항 중 하나다. 더 알고 싶고, 더 궁금할수록 끌리기 마련이니 말이다.

면접은 취업의 최종 관문이다. 사회인으로 들어가는 마지막 문이다. 그 문의 열쇠는 본인이 가지고 있다. 시대는 변해왔고, 지금도 변하고 있기 때문에 그 마지막 문의 형태도, 문을 열 수 있는 열쇠도 계속 변하고 있다. 하지만 그 열쇠는 언제나 당신 안에 있다. 세상이 어떤 열쇠를 요구하든 그 열쇠는 당신 안에서 찾을 수 있다. 당신의 잠재력이 그 열쇠이고, 당신의 꿈이 그 열쇠이다.

100퍼센트 합격하는 면접의 방법을 알려주는 책도, 사람도 없다. 당신의 잠재력을 끌어내는 것에 도움이 되는 책과 사람이 있을 뿐이다. 언제나 정답은 당신에게 있다.

두려워 보이는 벽일지라도 무너뜨릴 수 있고, 열리지 않을 것만 같은 문이라도 문은 열리기 위해 존재한다. 어떤 관문이라 할지라도 철저히 준비한 당신이란 열쇠로 열지 못할 문은 없다. 자신감을 가지고 면접을 준비하라. 당신은 멋지게 마주할 수 있다.

메라비언의 법칙

메라비언의 법칙은 미국 심리학 교수인 '앨버트 메라비언'이 그의 저서 《침묵의 메시지Silent message》에서 비언어 커뮤니케이션의 중요성에 대해 설명한 것에서부터 유래되었다.

여기서 비언어 커뮤니케이션이란 언어가 아닌 다른 요소, 즉 손동작이나 표정, 복장, 목소리 톤과 크기 등을 말한다. 메리비언은 사람이 소통할 때 말하는 내용과 전혀 다른 목소리 톤과 태도를 보였을 때 사람들이 어떻게 반응하는가를 연구했고, 다음과 같은 결과가 나왔다.

목소리   38%   표정   35%

태도 20%   내용   7%

이 연구결과에서 우리가 알 수 있는 것은 말이 별로 중요하지 않다는 것이 아니라, 내용적인 부분만큼 전달하는 사람의 목소리 톤과 태도 역시 중요하다는 사실이다. 같은 내용을 담고 있더라도 말하는 사람의 표정과 목소리 톤에 따라 즐겁게 들릴 수도 있고, 지루하게 느껴질 수도 있다.

이는 면접에서도 동일하게 작용한다. 어쩌면 면접에서 이와 같은 차이는 더 확연히 드러나게 된다. 면접에서 면접관이 던지는 질문은 거기서 거기다. 그렇기에 돌아오는 대답 역시 천편일률적이다. 하지만 같은 내용이라도 목소리 톤을 어떻게 하느냐, 보디랭귀지를 어떻게 하느냐에 따라 달리 전해질 수 있다.

말할 때는 말의 내용만큼 자신의 목소리 톤과 몸가짐도 중요하다. 그렇기에 항상 자신감을 가지고 대면할 수 있어야 한다. 야구에서 투수가 아무리 좋은 공을 던져도 자신감이 없는 공은 타자에게 얻어맞기 십상이지만, 칠 테면 쳐보라는 식으로 자신감 있게 던진 공은 타자에게 위협적으로 느껴지듯이 말이다.

자신감을 가지고 당당한 목소리와 몸가짐으로 자신을 드러내자. 그것이 자신을 가장 잘 피아르PR하는 첫걸음이다.

6장 에티켓:
인간관계의 시작

좋은 첫인상을 남기는 법

"첫인상이 마지막 인상이다."

우리는 학교에서, 직장에서, 길거리에서 수많은 사람을 만난다. 그들 중에는 잊지 못할 멋진 첫인상을 지닌 사람도 있지만, 분명 다시는 마주치고 싶지 않은 인상을 남긴 사람도 있다.

'첫인상은 누구도 두 번 줄 수 없다. 그러나 첫인상의 위력은 의외로 막강하다'는 주디 갈런드의 명언처럼 첫 이미지는 매우 중요하다. 누구나 처음 만나는 사람에게 좋은 인상을 남기고 싶을 것이다. 그렇다면 어떻게 해야 상대방에게 좋은 첫인상을 남길 수 있을까?

시간 약속을 지킨다

│ 《인맥을 디자인하라》라는 책에는 한 기업인의 이야기가 나온

다. 그는 식사 약속이든, 큰 비즈니스 약속이든, 술자리 약속이든 시간 약속을 지키지 않는 사람은 신뢰하지 않는다고 한다. 이처럼 상대방의 시간을 쉽게 낭비해 버리는 사람은 좋은 인상을 남길 수 없다. 시간 약속은 기본 중의 기본이다.

옷차림이 깔끔하다

| EBS 《다큐프라임》이라는 프로그램에서 옷차림을 통한 흥미로운 실험을 진행한 적이 있다. 똑같은 사람에게 처음에는 촌스러운 남방과 청바지를 입히고, 나중에는 멋진 정장을 입혔다. 이때 여자들에게 남자를 평가하게 했는데, 매력도와 예상 연봉이 두 배 이상 차이가 났다. 옷차림은 개인의 이미지를 결정하는 중요한 요소다.

말을 천천히 한다

| 히로시마 대학 후지와라 타케히로 교수가 연구한 자료에 따르면, 빠른 속도로 말하는 사람보다 느린 속도로 말하는 사람이 더 신뢰를 받고 차분한 인상을 준다고 한다. 평소 말을 빨리 하는 편이라면, 말의 속도를 조금 늦춰 보자. 말에 설득력이 생기고, 안정된 분위기를 만들 수 있다.

표정이 밝다

| 프랑스 어머니들은 자녀들에게 거울을 선물로 주면서, 너의 얼

굴은 너만의 얼굴이 아니라고 가르친다. 얼굴이 밝으면 주위 사람들을 행복하게 만들고, 얼굴이 어두우면 상대에게 불쾌감을 줄 수 있으므로, 항상 거울에 얼굴을 비추어 보라는 뜻이다. 거울 속 나의 모습은 밝은 표정인가?

말투가 차분하다

│ 평소 줄임말이나 속어, 은어를 자주 사용하는 편인지 점검해 볼 필요가 있다. 또한, 나도 모르게 부정적인 말투를 쓰고 있지는 않은지도 함께 살펴보라. 무의식적으로 튀어나오는 말투 때문에 상대방의 오해를 불러일으키거나, 나쁜 인상을 줄 수도 있다. 기분 좋고 교양 있는 말투를 사용하도록 신경 쓰자.

태도가 바르다

│ 한 취업포털사이트의 설문조사에서, 기업 인사담당자의 65.7퍼센트는 첫인상이 좋아서 직원을 뽑은 적이 있다고 답했다. 게다가 주로 지원자의 태도와 자세에 따라 첫인상이 정해진다고 했다. 또한, 한 번 각인된 첫인상은 쉽게 바뀌지 않는다고도 했다. 바른 태도와 자세는 이렇게 면접에서도 효과를 발휘한다.

눈을 맞춘다

│ 눈을 맞추는 것은 상대방에게 자신감과 친근감을 주는 행동 가

운데 하나다. 눈은 마음의 창이라고 하지 않던가? 자연스럽고 편안한 시선을 보낸다면, 관심을 기울이고 있다는 느낌을 준다. 만약 눈을 바라보는 데 익숙지 않다면, 상대방의 미간 사이나 코를 바라보며 연습해 보는 것도 좋다.

위트와 유머를 보여준다

| '유머 감각이 없는 사람은 스프링이 없는 마차와 같다. 길 위의 모든 조약돌마다 삐걱거린다.' 헨리 워드 비처의 명언이다. 가벼운 위트와 유머는 상대방의 마음을 편안하게 하고, 분위기를 유쾌하게 한다. 함께 있을 때 즐거웠던 사람이라고 기억되는 것만큼 좋은 첫인상이 있을까?

인사를 잘한다

| 20~30대 대학생과 직장인들이 가장 좋아하는 신입은 어떤 사람일까? 한 조사 결과에서는 꼬박꼬박 인사 잘하는 신입이 가장 사랑받는 것으로 나타났다. 반면, 꼴불견 신입 유형으로는 봐도 모른 척, 은근슬쩍 인사 생략하는 신입이 높은 순위에 올랐다. 신입이라면 인사만 잘해도 충분하다.

향기를 남긴다

| 이미지를 각인시키는 데 중요한 역할을 하는 것 중 하나가 체취

다. 후각은 시각보다도 너 오래 저장되는 성질을 지녔다. 얼굴은 가물가물해도 향기만큼은 확실히 기억나는 경우가 바로 그 때문이다. 너무 무겁거나 진해서 코를 막게 하는 향 말고 산뜻하고 가벼운 향을 풍긴다면, 좋은 향기를 가진 사람으로 남을 수 있다.

나의 보여지는 이미지는 곧 자신이 어떤 사람인지를 드러내는 일이다. 나는 이런 사람이라고 타인에게 인식시키는 것이다. 그리고 그 과정의 절반 이상이 첫인상에서 정해진다.

잊지 못할 멋진 첫인상을 주는 사람이 될 것인지, 다시는 마주치고 싶지 않을 첫인상을 남길 것인지는 당신의 노력에 따라 달라진다. 누구도 후자 쪽에 포함되고 싶은 사람은 없을 것이다.

적은 노력으로도 멋진 첫인상을 주는 사람이 될 수 있다. 조금의 배려, 약간의 매너만으로도 충분하다.

SECTION 35

직장에서의 인사법

인사는 예절의 기본이자, 인간관계의 시작이다. 또한, 인간관계에 있어서 윤리 형성의 기본이며, 직장 생활에서는 애사심의 발로이다. 인사하는 것이 무엇이 어렵냐고 말하겠지만, 인사에도 상대와 상황에 따라 다양한 방법이 있다. 적절한 인사법을 잘 알고 있으면 인사만으로도 상대방을 기분 좋게 만들 수 있다.

가장 흔히 하는 인사에도 상대방과 상황에 따라 조금씩 차이가 있다.

구분	목례(가벼운 인사)	보통례(보통 인사)	경례(정중한 인사)
각도	15˚	30˚	45˚
시선	상대방의 얼굴	전방 2m정도	전방 1.5m정도

상황	· 동료나 친한 사람 · 보도에서 재차 상사와 　마주쳤을 때 · 엘레베이터 안과 같은 　좁은 장소일 때 · 대화 중 인사할 때	일반적인 인사	· 사의 뜻을 표현할 때 · 사과할 때 · 손님을 맞거나, 전송할 　때

인사를 잘하는 사람은 밝고 긍정적인 느낌을 준다. 간단한 인사지만 상대와 상황에 따라 조금씩 달라지는 인사법을 파악하고 있으면 인사를 잘하는 것만으로도 직장 내에서 좋은 관계를 유지할 수 있다.

악수를 할 때도 적절한 요령이 필요하다. 우선 악수는 누가 먼저 권하느냐도 중요하다.

악수를 먼저 권하는 쪽은 연장자와 상사여야 한다. 그리고 악수도 신체 접촉이므로 남성이 먼저 여성에게 악수를 권하지 않는 것이 좋다.

이외에도 알아두어야 할 몇 가지 사항이 있다.

먼저 하는 사람	나중에 하는 사람
지위가 높은 사람	지위가 낮은 사람
연장자	연소자
기혼자	미혼자
여성	남성
선배	후배

악수할 때 유의 사항

　─ 바른 자세로 한다.

— 밝고 호의적인 표정으로 상대의 눈을 바라보며 한다.

— 가벼운 목례와 함께 오른손으로 악수를 권한다.

— 손에 적당한 힘을 주어 잡는다.

— 맞잡은 손은 2~3번 가볍게 흔들어 준다.

— 왼손은 자연스럽게 내려 바지 재봉선에 붙인다.(절대 주머니에 넣지 않는다.)

직장 생활을 하다 보면 무엇보다 명함으로 인사를 나눌 때가 많은데 이때에도 기본적인 매너가 필요하다. 명함은 줄 때도, 받을 때도 필요한 매너가 있다.

명함을 줄 때

— 가볍게 목례를 한다.

— 양손으로 명함의 여백을 잡고 건넨다.

— 소속과 이름을 정확하게 말한다.(OO회사의 OOO입니다.)

— 명함을 건넬 때는 이름이 받는 사람 쪽으로 향하게 한다.

명함을 받을 때

— 목례를 하며 양손으로 정중히 받는다.(오른손으로 받고 왼손으로 받친다.)

— 받은 명함은 인사한 상체를 바로함과 동시에 정중히 본다.

— 명함을 볼 때는 가슴 부근까지의 높이로 들고 목례를 하며 본다.

— 회사명과 이름이 틀리지 않도록 조심하며 올바르게 읽어 보인다.(OO회사의

OOO님이시군요.)

— 명함은 두 손으로 공손히 받는다.

— 받은 명함은 정중히 취급한다.

— 상대의 명함으로 부채질 같은 손장난을 하는 행위.

— 명함을 받자마자 제대로 보지도 않고 바로 집어넣는 행위.

— 상대방 면전에서 상대가 건넨 명함에 메모하는 행위.

— 앉은 채로 명함을 꺼내고 건네는 행위.

— 이름을 잊어 명함을 다시 꺼내 보는 행위.

— 이리저리 명함을 찾는 행위.

— 뒷주머니에서 명함을 찾는 행위.(남자는 상의 안주머니, 여자는 핸드백)

— 받은 명함을 바지 주머니나 뒷주머니에 넣는 행위.

— 자리에 앉은 후에도 상대방의 명함을 테이블 위에 놓아두는 행위.

— 명함이 부족해 일부에게 건네지 못하는 행위.

우리가 흔히 하는 인사에도 이처럼 다양한 인사법과 요령이 있다. 인사는 모든 인간관계의 첫 단추이다. 첫 단추를 잘못 끼우면 그 뒤의 모든 일이 엉망이 될 수 있음은 말하지 않아도 잘 알 것이다.

인사를 잘하는 것은 가장 간단한 방법으로 상대를 기분 좋게 만드는 행위이다. 자신을 기분 좋게 만드는 사람을 싫어하는 사람은 결코 없

다. 호감은 인사에서부터 시작되는 것이다. 이제 그 멋진 시작을 만드
는 사람이 되어보자.

직장에서의 에티켓

에티켓이란, 프랑스어로 오늘날 여러 분야에서 자주 쓰이는 단어이다. 우리말로 바꿔 말하면 예의범절이라고 할 수 있다. 에티켓의 유래는 다음과 같다. 프랑스 베르사유 궁전에 들어가는 사람에게는 티켓Ticket이 주어졌는데 그 티켓에는 궁전 내에서 유의해야 할 사항이나 예의범절에 관한 내용이 쓰여 있었다. 그것에서 에티켓이란 단어가 생겼다고 한다. 또 다른 설에 의하면 에티켓이란 단어가 프랑스어로는 입간판立看版이란 뜻인데, 베르사유 궁전 뜰의 화단에 세워진 조그만 입간판에 "꽃밭을 해치지 마십시오."라고 쓰여 있었다고 한다. 그것이 어느 사이에 "마음의 꽃밭을 해치지 말도록"이란 의미로 바뀌어 오늘날의 에티켓이 되었다고 한다.

에티켓의 유래가 어찌 되었든 현재의 에티켓은 단순히 표면적, 형식적인 유의사항, 예의범절의 뜻을 넘어, 상대방을 인격적으로 존중하고 상대의 기분까지 헤아리는 태도를 뜻한다. 그래서 에티켓이 좋은 사람일수록 만났을 때 좋은 기분을 느끼게 되고, 에티켓이 없는 사람일수록 불쾌하게 여겨진다.

오늘날, 직장 생활에서 기본적인 에티켓은 필수 사항이기 때문에 취업 전부터 몸에 익혀두는 것이 중요하다.

직장 에티켓은 크게 상황별, 장소별, 상대별로 나뉘는데 먼저 상황별 에티켓에 대해 알아보자.

출근할 때의 에티켓

- 출근 시간 10분 전 도착.
- 주변 정돈 및 일과 계획 점검.
- 사무실에 들어올 때는 활기차게 망설임 없이 인사하기.
- 부득이한 사정으로 지각할 때는 미리 사과하고, 솔직한 사정 설명하기.

퇴근할 때의 에티켓

- 퇴근 준비는 근무 시간 후에.
- 퇴근 시간에는 하던 업무를 마무리한 후, 내일 할 일을 간단히 정리.
- 자신이 앉아 있던 자리는 단정히 정리.
- 퇴근할 때도, 밝고 활기차게 인사하기.

근무할 때의 에티켓

— 회사 규정을 준수하며 예의 바른 업무 태도 유지.

— 사무실 내에서 개인적인 전화나 잡담은 삼가.

— 근무 중 업무와 무관한 사적인 행위는 금지.

— 업무와 관련된 모든 서류는 정리, 분류, 보관이 밀리지 않도록 바로 정리.

자리를 비울 때의 에티켓

— 외출할 때는 상사에게 보고.

— 30분 이상 자리를 비울 경우에는 책상 정리 후 주변 동료에게도 목적과 행선지,

귀사 예정 시간을 분명히 알림.

장소별 에티켓은 크게 사무실과 회의실로 나뉜다.

사무실에서의 에티켓

— 서로를 존중하고 약속을 잘 지킨다.

— 긍정적인 자세로 지시를 받고, 보고에 대한 내용을 정확히 파악한다.

— 업무가 끝나면 즉시 보고하도록 하며, 경우에 따라 중간보고도 한다.

— 어려울 때는 서로를 위로하고 독려하여 분위기가 다운되지 않도록 한다.

— 가까울수록 예의를 갖추고, 언행에 주의한다.

— 내방객이 있을 시에는 직원 간에도 상호 존대를 한다.

회의실에서의 에티켓

— 회의 목적을 정확히 이해한다.

— 배포된 자료를 사전 숙지한다.

— 의제에 대한 의견과 견해를 정리해 둔다.

— 장시간 발언을 삼가며, 여러 사람의 의견이 개진될 수 있도록 배려한다.

— 타인에게 불쾌감을 주는 발언이나 태도는 삼간다.

— 발표자의 발언을 가로막거나, 중단시키는 행위는 삼간다.

직장 내에서는 상, 하급자 간의 에티켓이 무엇보다 중요하다.

하급자에 대한 에티켓

— 말보다는 솔선수범 업무를 가르친다.

— "수고했어.", "잘했어." 등의 칭찬을 아끼지 않는다.

— 부하직원의 인격을 존중하며, 자신의 잘못을 전가하지 않는다.

— 항상 부하 직원이 최대한 창의력을 발휘할 수 있는 분위기를 만들어야 한다.

상급자에 대한 에티켓

— 업무 지시를 받으면 지시사항을 정확히 파악하고 정확하게 처리하도록 한다.

— 상사의 지시사항에 대해서는 진행 단계에 따라 중간보고를 한다.

— 상사가 주의를 주는 것은 결점을 깨우칠 기회이다. 감정적으로 받아들이지 않도록 한다.

— 상사의 지시 중에는 참견하지 않고 그 의중을 파악하고자 노력한다.

대화할 때의 에티켓

— 상대방이 말을 할 때는 상대방을 바라보며 듣는다.

— 말을 할 때는 상대방을 보며, 침착하고 간결하게 한다.

— 남의 비밀이나 싫어하는 것은 묻지 않는다.

— 상대방이 말하는 도중에 말을 끊거나 가로채지 않는다.

— 대화할 때 의사나 정보 공유하는 것을 기대한다.

— 풍부한 화제와 화술은 쓰되, 거짓은 결코 말하지 않는다.

— 너무 큰 목소리와 리액션은 상대방에게 거북함을 준다.

이외에도 직장 에티켓에는 수많은 상황과 종류가 있다. 그 모든 상황과 종류의 에티켓을 여기에 나열하는 것은 무리이니 가장 흔한 상황, 장소, 상대에 대한 에티켓을 정리해보았다. 기본적으로 이 정도의 에티켓이 몸에 배어 있다면 각종 상황이나 장소, 상대를 만나더라도 난처한 상황을 만들지는 않을 것이다.

말이 직장 에티켓이지 사실 어릴 적 배우는 기본 예의범절과 크게 다르지 않다. 그렇기에 우리는 모두 기본적인 에티켓을 숙지하고 있다. 단지 그것을 몸에 익혀 제대로 하느냐, 아니냐의 차이일 뿐이다.

모든 관계는 매너에서 시작된다. 매너가 좋은 사람에게 사람들이 모인다. 마치 향기 좋은 꽃에 벌이 찾아오듯이 말이다. 이제 멋진 에티켓을 숙지한 매너 좋은 사람이 되자. 그래서 사람을 끌어당기는 아름다운 꽃 같은 당신이 되어보자.

TPO에 맞는 복장

사람이 살아가는 데 가장 필요한 세 가지를 '의', '식', '주'라고 한다. 입을 수 있는 의복과 먹을 수 있는 음식과 비바람을 피할 수 있는 거주지, 집을 뜻하는데 여기서 '의'에 대한 이야기를 할까 한다.

'의', 쉽게 말해 옷은 현대 사회에서 그저 몸을 가리기 위한 수단이 아니라 다양한 것을 표현하는 수단이다. 단순한 옷을 넘어 자신의 직업, 직책 혹은 능력과 스타일링을 위한 수단으로 사용된다. 그 사람이 입고 있는 옷이 그 사람을 말해준다. 그렇기에 TPO에 따른 스타일링은 굉장히 중요하다.

많은 사람이 TPO에 따른 복장을 얘기하는데 TPO의 정확한 의미를 짚고 넘어가보자.

TPO는 Time, Place, Occasion의 약자로, 말 그대로 시간, 장소, 상황

에 맞는 옷차림을 뜻한다. 그저 자신이 좋아하고 편안해하는 스타일이 아닌, 장소와 시간, 상황에 맞게 옷을 입어 자신의 이미지와 예의를 표하는 것이다.

하나씩 좀 더 자세하게 얘기해보자. 우선 Time, 시간은 옷을 입는 당시의 날씨나 계절 등을 의미한다. 비 오는 날 흰옷 계통의 옷을 피한다거나 바람이 부는 날에는 입고 벗기 편한 카디건이나 재킷을 챙기는 정도라고 생각하면 쉽게 이해할 수 있다.

다음은 Place, 장소에 따른 복장이다. 옷은 이 장소에 따라 가장 큰 변화를 주어야 한다고 해도 과언이 아니다. 가장 흔한 예로 지인의 결혼식에 갈 때는 화려한 색감의 옷을 피해 입어 그날의 주인공인 신랑, 신부가 돋보이게 한다거나, 장례식장을 방문할 때는 검정색 계통의 차분한 의상으로 상주에게 조의를 표하는 것이 바로 Place에 맞는 복장 착용이라 할 수 있다.

마지막으로 Occasion, 상황에 맞는 복장이다. 상황에 맞는 복장 착용은 패션 센스가 없는 사람들에게는 간혹 어렵고 난감한 상황을 일으킨다. 직장과 연관되어 있는 일에는 무조건 정장 차림을 한다거나, 애매한 경우에도 무조건 정장 차림으로 나타나는 경우가 종종 있다. 하지만 상황에 따라 정장 스타일도 변화를 주어야 한다는 것을 잊지 말아야 한다.

요즘은 워낙 다양하고 섬세한 스타일링을 하기 때문에 TPO에 따른 복장에 대해서 이야기하자면 책 한 권으로도 부족하다. 이 책에서는 면접과 비즈니스 관련 미팅을 할 때의 복장을 이야기해보도록 하자.

면접 의상을 선택하라고 하면 99퍼센트는 정장을 고른다. 이것은 틀린 선택이 아니다. 면접 시 깔끔한 정장차림은 호감도를 상승시키며 좋은 이미지를 준다.

하지만 여기서 조금 더 섬세한 스타일링을 하는 것이 중요하다. 면접할 때 입는 정장차림은 면접을 보는 회사에 따라서 조금씩 차이가 있다. IT계열이나 게임회사 같이 개방적이고 창의적인 성향의 기업인 경우와 금융업계나 공무원 등 보수 성향의 기업에 면접을 보는 경우, 정장 스타일링의 차이는 분명히 있다.

먼저 IT계열이나 게임회사 같은 경우에는 정장을 입더라도 세미 정장 스타일이나 캐주얼 정장 스타일이 좋다. 이때 화려한 색은 피한다. 차분하지만 세련된 느낌을 주는 것이 스타일의 목적이기에 너무 눈에 띄는 색은 오히려 역효과를 일으키니 주의하도록 하자.

IT계열이나 게임회사와는 반대로 금융업계나 공무원 같은 보수적인 성향의 기업인 경우에는 가장 무난한 검정색 계열의 정장 스타일로 하고, 넥타이 역시 너무 튀지 않는 색과 디자인으로 매치하는 것이 좋다. 금융업계나 공무원 같은 기업의 특성상 차분하고 안정적인 느낌을 원하기 때문에 화려한 색의 정장은 피하고, 검정이 싫다면 남색이나 회색 정도면 적당하다.

이처럼 같은 면접이라도 기업의 성향에 따라 스타일이 달라지므로 단순히 정장만 입으면 된다는 생각보다는 조금 더 스타일링을 고민해보기 바란다.

스타일에 대한 팁tip을 주자면 중요한 프레젠테이션이 있는 자리에서는 기본적으로 깔끔한 정장 차림을 하되, 넥타이 색은 약간 화려한 것을 매치하는 것이 좋다. 넥타이 색이 조금 화려해지면 주목받기 쉽고, 자신감 있게 비친다. 특히, 붉은색 계열의 넥타이는 진취적이고 열정적인 느낌을 주므로 프레젠테이션 할 때는 적극적으로 추천하는 바이다.

고객과의 미팅에서 부드러운 느낌을 주고 싶다면 갈색 계열을, 고급스럽고 세련된 느낌을 주고 싶다면 검정이나 회색 정장을 입는 것이 좋다. 그리고 무엇보다 의상에 맞는 헤어스타일도 중요하다는 것을 잊어서는 안 된다. 아무리 깔끔하고 멋진 색상의 옷으로 스타일링 했다고 하더라도 헤어스타일이 어수선하고 정돈되어 있지 않으면 이 모든 것은 빛을 발하고 만다.

TPO에 따른 복장은 이제 선택이 아닌 필수이다.

몇 년 전, 탤런트 고㳂 안재환의 장례식장에 참석한 낸시랭이라는 연예인의 의상이 구설에 오른 적이 있다. 화려한 주황색 의상과 커다란 링 귀걸이, 그리고 가슴에 이름표를 붙이고 등장한 그녀로 인해 주변인들은 당혹스러워했고, 그 모습이 매체에 보도되면서 많은 뭇매를 맞았다. 이후 그녀는 스케줄상 어쩔 수 없었다고 밝혔지만, 논란은 쉽게 가라앉지 않았다.

이토록 옷은 이미 단순한 옷의 역할을 넘어섰다. TPO에 맞게 어떤 옷을 스타일링 하느냐가 무엇보다 중요해졌고, 자신을 드러내는 가장 중요한 요소 중 하나로 자리 잡았다. 첫인상에서 가장 크게 좌지우지하고,

자신의 가치를 가장 먼저 측정하는 요소가 바로 의상이다. 당신이 무엇을 얼마나 준비했더라도 당신의 의복으로 인해 그것들이 빛을 보지 못할 수도 있다.

TPO에 따른 복장 선택, 당신을 더 빛나게 할 수도, 당신의 가치를 하락하게 만들 수도 있음을 기억하자.

전화 응대

　회사에 다니다 보면 업무 전화를 받는 일은 부지기수인데, 업무 특성에 따라 업무 시작부터 끝까지 전화를 받아야 하는 곳도 있다. 전화는 곧 소통을 의미하기 때문에 원활한 업무 진행을 위한 전화는 직장 생활에 꼭 필요한 부분이다.

　워낙 잦은 업무이다 보니 쉽고 가볍게 여길 수도 있지만, 이런 사소한 일에서부터 호감도를 높일 수 있다면 다른 업무에서도 좋은 결과로 이어질 수 있다.

　직장 내에서의 전화 응대는 상황에 따라 달라질 수 있지만, 크게 다섯 가지의 상황으로 나뉠 수 있다.

1단계. 전화를 받을 때

2단계. 상대방을 기다리게 할 때

3단계. 다른 담당자에게 연결할 때

4단계. 담당자가 부재중일 때

5단계. 전화를 끊을 때

그리고 각각의 상황은 다시 다섯 단계로 나눌 수 있다.

1단계 • 전화를 받을 때

— 신속히 받는다.

— 인사와 함께 소속과 성명을 밝힌다.

— 전화를 건 요구 사항을 파악한다.

— 정성과 느낌을 전달하라.

— 감사를 표하라.

전화를 받을 때는 우선 가능한 한 신속하게 받도록 한다. 급한 전화인데 통화 연결이 길어진다면 상대방이 불쾌해할 수 있다. 그리고 전화가 연결되면 상대방이 묻기 전에 인사와 함께 자신의 소속과 성명을 밝힌다. 그러면 상대방은 자연스럽게 전화를 건 용건을 얘기한다.

상대방의 요구 사항을 파악했으면 최선을 다해 대처하고 있음을 표하고, 그 느낌이 전달되도록 감정을 담아 얘기한다. 그리고 마지막으로 반드시 전화를 준 것에 감사를 표한다. 설령 전화를 건 요건이 클레임이라 할지라도 말이다.

2단계 · 상대방을 기다리게 할 때

- 상황을 말하라.

- 예상 시간을 알려라.

- 의사를 확인하라.

- 중간에 재확인하라.

- 감사를 표하라.

상대방이 요청한 사항을 알아보거나 처리하기 위해 시간이 소요된다면 상대에게 반드시 현재의 상황을 설명하고 기다려 줄 수 있는지 의사를 확인한다. 그리고 그때는 반드시 예상 시간을 알려주어 상대가 현재의 상황을 충분히 인지하게 한다.

상대가 동의했더라도 일을 처리하는 중간중간 계속 기다려줄 수 있는지 재점검한다. 본인의 요청 사항에 대해 계속해서 신경 쓰고 있음을 알려주고 동시에 기다려주는 것에 감사함을 표한다.

3단계 · 다른 담당자에게 연결할 때

- 이유를 말하라.

- 양해를 구하라.

— 전화 받을 사람을 알려라.

— 고객의 요청을 인계하라

— 연결을 확인하라.

걸려 온 전화의 요청 사항을 자신이 해결해줄 수 없어 다른 부서나 담당자에게 연결해주어야 할 때는 반드시 상대에서 이유를 밝히고 양해를 구해야 한다. 자신과 상관없는 일이라 할지라도 상황 설명 없이 담당자에게 넘겨버리면 상대방이 받는 불쾌함은 고스란히 전화 연결을 받는 담당자의 몫이 된다.

담당자에게 연결해줄 때는 연결 받는 담당자가 누구인지 사전에 밝히고 연결 전, 요청한 상대방의 요구사항을 미리 담당자에게 전한다. 그리고 마지막까지 제대로 담당자와 연결이 되었는지 확인한다. 연결이 제대로 되지 않고 중간에 끊겼다면 다시 콜을 하여 연결시킨다.

4단계 · 담당자가 부재일 때

— 상황을 말하라.

— 통화 가능 시간을 알려라.

— 고객의 의사를 확인하라.

— 도와줄 의사를 밝혀라.

— 메모를 전하라.

담당자가 부재중이라 연결할 수 없는 상황이라면 현재의 상황을 상대방이 충분히 납득할 수 있도록 설명하고, 담당자와의 연결이 언제쯤 가능한지 설명해주어야 한다. 그리고 이 상황을 상대가 이해할 수 있는지, 아니면 다른 담당자라도 연결해주길 바라는지 의사를 파악해야 한다. 어떤 걸 상대방이 요구하든지 자신이 도와줄 의사가 있음을 밝히고, 고객의 요청 사항은 메모를 해두어 담당자가 돌아왔을 때 확인하도록 전한다.

5단계 · 전화를 끊을 때

— 정리 확인하라.

— 더 필요한 사항을 확인하라.

— 감사의 인사를 하라.

— 수화기를 살짝 내려놓는다.

— 주요 내용을 기록하라.

모든 일에는 끝이 중요하듯이 전화도 끊을 때가 굉장히 중요하다. 상대방이 전화를 끊을 때 어떤 기분으로 이 통화를 종료하느냐에 따라 돌아오는 피드백도 달라지는 경우가 많으니 항상 전화를 끊기 전 상대방의 기분을 살피는 것이 중요하다.

전화를 마무리 짓기 전에는 다른 요청 사항은 없는지 확인하고 전화를 준 것에 감사의 표시를 한다. 그리고 상대방의 전화가 종료되었는지 반드시 확인 후, 수화기를 살짝 내려놓도록 한다.

마지막으로 통화 내용의 중요 사항을 기록해둠으로써 어떤 통화가 있었는지 다른 직원들도 공유할 수 있도록 한다.

전화 응대는 너무나 흔한 일이기에 쉽게 생각하지만, 의외로 놓치는 부분이 생길 수도 있다. 공기처럼 너무 흔해 소중한 걸 잊고 지내는 것처럼 말이다.

하지만 잦고 가벼운 일을 잘해낼수록 자신에게 크고 중요한 사항도 맡길 수 있는 신뢰가 쌓이는 법이다. 앞서 설명한 부분을 유의하여 진심을 다해 전화 응대를 할 수 있도록 하자. 친절은 몸에 배야 비로소 전해지는 법이다. 전화에서 당신의 친절이 느껴지려면 당신 스스로 몸에 밸만큼 연습이 되어야 한다.

그저 전화 한 통 걸었을 뿐인데 당신의 친절한 응대로 상대가 기대하지 않은 행복을 느꼈다면, 그 행복은 고스란히 당신에게 돌아오게 된다. 모두가 행복해지는 일, 가장 가까운 전화 응대에서부터 시작된다.

SECTION 39

직장 내 성희롱

여성들의 사회 진출은 이제 당연한 것을 넘어, 절대적인 것이 되었다. 하지만 그럼에도 직장 내 성희롱의 기준을 제대로 알지 못해 문제가 생기곤 한다. 이번 장에서는 직장 내 성희롱 법적 판단 기준에 대해 알아보고, 이에 해당하는 판례도 짚어보도록 하자.

직장 내 성희롱 판단 기준

지위를 이용 성희롱

│ 업무의 관련성은 근무시간 내, 근무 장소에서 발생한 것이 아니라도 인정될 수 있다. 사업주나 상급자, 또는 근로자가 직장 내 지

위를 이용하거나 업무와 관련이 있는 경우 사업장 내부에서 근무시간에 성희롱이 발생한 경우뿐만 아니라, 사업장 밖에서 근무시간 외에 성희롱을 한 경우에도 직장 내 성희롱으로 처벌받을 수 있다.

실제 사례1)

연구위원으로 일하고 있는 A는 고문인 B에게 후원금을 받으러 직장 외의 장소에서 B가 원하는 시간에 만나는 경우가 많았다. 이 직장에서는 고문이 만나자고 하면 연구위원은 선배와 원로에 대한 예우상 이유를 묻지 않고 만나는 것이 조직 문화라고 여겨지고 있었다. 어느 날, A는 선약이 있었지만 B의 연락을 받자 모임 약속을 포기하고 나갔는데 이 자리에서 B가 A를 성희롱하였다.

이 경우 근무시간이 아닌 시간에 직장 밖에서 만난 경우라 하더라도 A가 종사하고 있는 업무와의 관련성이 인정된다.(인권위 2006. 12. 22. 06진차425 결정)

실제 사례2)

직장의 공식적인 회식이 끝난 후 귀가하는 길에 A, B, C가 동승하였는데, A가 B에게 2차를 같이 가자고 제안하였고, B가 이를 거절하자 A는 "그럼 테이블을 따로 잡고 맥주나 마시자."라고 다시 제안하였다. 그러자 당시 운전을 하며 듣고 있던 C는 "그럼 룸을 잡아 줄 테니 둘이 벗고 뒹굴고 비비면서 놀아라."고 말하였다. C의 성적 발언은 공식적인 회식 직후에 귀가하는 과정에서 발생되었는데, 이처럼 퇴근길에 발생된 성희롱은 업무 관련성이 인정된다.(인권위 2008. 12. 8. 08진차974 결정)

│ 피해자가 명시적인 거부 의사를 표현하지 않았더라도 성희롱이 될 수 있다. '성적 언동'은 '상대방이 원치 않는 성적 의미가 내포된 육체적, 언어적, 시각적 언어나 행동'을 말한다.

또한 여기서 '상대방이 원하지 않는' 행동이란, 상대방이 명시적으로 거부 의사를 표현한 경우만이 아니라, 적극적으로나 소극적, 또는 묵시적으로 거부하는 경우도 포함된다. 즉 행위자의 성적 언동에 대해 '직접적으로' '분명하게' 거부해야만 성희롱이 성립되는 것은 아니라는 것이다.

예를 들어, 현실에서 피해자가 사회경험이 부족하여 성희롱 상황에 어떻게 대처해야 할지 몰랐거나, 또는 행위자가 고위직급이거나 피해자의 근로조건을 결정하는 등 강력한 권한을 가진 자이기 때문에 거부의사를 표현하기 어려운 조건일 경우 명시적으로 거부의사를 표현하지 못하는 경우가 많다. 이러한 경우에도 그 행위의 정도나 양태, 피해자와 행위자의 관계 등을 종합적으로 검토해보았을 때 원치 않는 행위로 인정되면 성희롱으로 간주된다.

즉 상급자, 하급자 간이나 정규직, 비정규직 간의 성희롱과 같이 피해자와 행위자의 권력관계가 불평등한 경우 성적 언동을 직접적, 적극적으로 거부하기 쉽지 않다는 것이 성희롱의 주요 특징이라는 점을 유념해야 한다.

다만, 실제 사건 처리 시 피해자가 명시적인 거부를 하였다면 그것이 '원하지 않는 행위'라는 것이 쉽게 인정되니 피해자는 적극적, 명시적 거부 의사를 밝히는 것이 바람직하다. 물론 거부 의사를 밝히지 않았다고 해도 성희롱은 인정될 수 있다.

성적인 언동

| '성적' 언동이나 그 밖의 요구는 성적인sexual 의미가 내포된 경우를 의미한다.

예를 들어, 여성 직원을 '아줌마'라고 부르거나 반말을 하는 것과 같이 여성을 비하하는 행동, 여성 직원에게 커피 심부름을 시키는 것과 같이 고정관념적인 성별 역할을 강요하는 행동은 성차별적인 행위로 해서는 안 되지만, 이러한 언동 자체를 '성적' 언동으로 보기는 어렵다.

성희롱은 성적 언동이 단 한 번뿐이어도 성립되며, 특정인을 염두에 두지 않은 언동이라 할지라도 그것을 듣는 사람에게 성적 굴욕감이나 혐오감을 준다면 직장 내 성희롱이 된다. 여성에게 술 따르기를 강요하는 행위 또한 해당 여성을 성적 대상화했는지 여부에 따라 성희롱이 될 수 있다. 보통 여성에게만 술 따르기를 강요한 경우 여성을 성적 대상화한 것으로 판단될 여지가 많음으로 자제하는 것이 바람직하다.

직장 내 성희롱 분류

성희롱은 육체적, 언어적, 시각적 행위와 기타 행위로 분류된다.

육체적 성희롱

| 육체적 성희롱 행위는 상대의 의사와 상관없이 신체적으로 접촉하거나 특정 신체 부위를 만짐으로써 피해자에게 성적 굴욕감이나 혐오감을 주는 행위이다.

― 허리를 잡고 다리를 만지는 행위.

― 블루스를 추자고 허리에 손을 대고 쓰다듬는 행위.

― 안마를 해준다며 어깨를 만지는 행위.

― 테이블 아래에서 발로 다리를 건드리는 행위.

― "노래방 가서 술도 한잔하고 놀자"며 팔짱을 끼고 억지로 차에 태우는 행위.

― 업무를 보고 있는데 의자를 끌어와 몸을 밀착시키는 행위.

― 가슴을 스치고 지나가는 행위.

언어적 성희롱

| 언어적 성희롱 행위는 상대의 의사와 상관없이 음란하고 상스러운 말을 하거나, 외모에 대한 성적인 비유나 평가를 하거나, 성적인 사생활을 묻거나 유포하는 등의 행위이다.

— "딱 붙은 옷 입으니까 섹시하고 보기 좋은데? 항상 그렇게 입고 다녀. 회사 다닐

　맛 난다."

— "여자가 들어갈 데 들어가고 나올 데 나와야 하는데 넌 말라서 안 섹시해."

— "여자가 그렇게 뚱뚱해서 어떤 남자가 좋아하겠어?"

— "OO씨도 여잔데 미니스커트나 파인 옷 같은 것도 입고 다녀."

— "술집 여자같이 그런 옷차림이 뭐야?"

— "아가씨 엉덩이라 탱탱하네."

— "술 먹고 같이 자자."

— 자신의 성생활을 이야기하거나 상대방의 성생활에 대해 질문하는 행위.

— "어제 또 야동 봤지?"

— "남자는 허벅지가 튼실해야 하는데, 좀 부실하다."

— "운동하고 왔어? 어깨 한번 만져보고 싶다."

— "우리는 여직원이 많아서 여자 나오는 술집 갈 필요가 없어."

— "술은 여자가 따라야 제맛이지. OO씨가 부장님 술 좀 따라 드려."

— "우리 OO씨, 우리 예쁜이, 우리 애인 어제 잘 들어갔어?"

시각적 성희롱

|　시각적 성희롱 행위는 상대방의 의사와는 상관없이 눈으로 인
지가 가능한 행동을 통해 성적 혐오감이나 불쾌감을 주는 것이다.

— 컴퓨터 모니터로 야한 사진을 보여주거나 바탕화면, 스크린세이버로 깔아놓

는 것.

— 야한 사진이나 농담 시리즈를 카카오톡, 메신저 등을 통해 전송.

— 다른 직원들 앞에서 자신의 바지를 내려 상의를 바지 속으로 넣는 것.

— 원치 않는 윙크를 계속하는 것.

— 음란한 시선으로 빤히 쳐다보는 것.

기타 성희롱

| 사회 통념상 성적 굴욕감 또는 혐오감을 느끼게 하는 것으로 인정되는 언어나 행동은 성희롱에 해당된다.

— 원하지 않는 만남이나 교제를 강요하는 행위.

— 좋아한다며 원치 않는 접촉을 계속 시도하는 행위.

— 사적인 내용의 문자를 보내지 말라고 했더니 동료들 앞에서 인격적으로 무시하는 행위.

— 직장 내 성희롱의 피해를 제기하거나 거절의 의사를 표시하였더니 불이익을 주는 행위.

— 퇴폐적인 술집에서 이루어진 회식에 원치 않는 근로자의 참석을 종용하는 행위.

— 거래처 접대를 해야 한다며 원치 않는 식사, 술자리 참석을 강요하거나 거래처 직원과의 만남을 강요하는 행위.

직장 내 성희롱은 점점 더 사회적 이슈로 떠오르면서 민감하고 예민

한 문세가 되었다. 그럴 의도가 없던 말이나 행동이라 하더라도 상대방이 성적 수치심을 느끼게 되면 죄가 성립되기 때문에 같은 상황이나 행동이지만 상대의 성향에 따라 성희롱이 되기도 하고, 아니기도 하는 상황이 펼쳐진다. 그러다 보니 서로가 과하게 조심하고, 과하게 거리를 두는 경우도 생겨 동료들 간의 보이지 않는 벽이 생기기도 한다.

성희롱은 꼭 남녀 사이에서 발생하는 것도 아니며, 피해자가 꼭 여자인 것만도 아니다. 동성이나, 남자 역시 성희롱의 피해자가 되기도 한다. 결국, 직장 내 성희롱은 성차별의 문제가 아니라, 사람과 사람 간의 '존중'의 문제이다. 사람과 사람 간의 존중이 우선시된다면 아마 이런 법적 처벌 기준은 무용지물이 될 것이다.

우리 모두는 서로서로 존중하고 존중받아야 할 하나의 인격체이다. 인격에는 계급도, 성별도 없으며, 어떠한 기준도 없다. 그 누가 되었든 상대방을 진심으로 존중하는 마음으로 다가간다면 성적으로든 인격적으로든 수치심 따위가 전해질 리는 없을 것이라 확신한다. 진심은 빠르든 늦든 전해지는 법이니 말이다.

외국계 기업을 노려라

이미 글로벌 시대의 한가운데에서 살아가는 우리가 국내 기업만을 목표로 취업을 준비하는 것은 어리석은 일이다. 국내 기업이라 할지라도 기본적으로 영어 실력은 갖추어야 하는데 외국어가 부담스럽다고 이예 외국계 기업을 포기하는 것은 수많은 가능성을 접어두는 것과 마찬가지이다.

국내 기업은 입사를 했다 하더라도 신입사원에서부터 대리, 과장, 차장 등의 직급을 차근차근 밟고 올라가야 한다. 그만큼 시기가 길고, 그기간 동안 자신의 의견도 제대로 피력하지 못하기 일쑤이다. 그에 비해 외국계 기업은 의사결정 체계가 단순하고 개인의 권한과 책임이 크기 때문에 신입사원일지라도 언제든 스스로 계획을 짜고 실행할 기회가 주어진다. 물론 상대적으로 국내기업보다 사안에 따라 보직이 변경되거나 해고되는 경우도 많지만, 자신만 열심히 한다면 국내기업보다 더 많은 기회가 있는 것만은 분명하다. 말 그대로 고속 승진과 고액 연봉이 이루어지는 꿈의 무대인 것이다.

외국계 기업이면 무조건 영어가 출중해야 한다고 생각하는데 딱히 그렇지는 않다. 물론 소통이 우선시 되어야 업무도 원활히 진행되는 건 맞지만 영어 실력이 부족하더라도 외국계 기업에 충분히 입사할 수 있다.

외국계 기업의 모든 직원이 해외 유학파나 토익 고득점자로 채워진 것은 아니다. 물론 업무에 따라 외국어가 필요한 부서도 있지만, 국내 영업이나 총무, 경리, 품질 쪽은 반드시 외국어 실력이 출중해야 하는 것은 아니다. 이런 쪽은 어학 실력보다 실무와 식견이 훨씬 더 중요하기 때문에 외국어가 되지 않더라도 채용되는 경우가 많다. 부족한 어학 실력은 다른 장점으로 채울 수 있다.

게다가 외국계 기업은 남성보다 여성을 더 선호하는 경우가 많은데 이것은 외국계 기업의 특성이 남성보다 여성에게 더 맞기 때문이다. 한국 남성의 경우 군대를 반드시 다녀와야 하는 의무가 있기 때문에 기본적으로 조직 생활의 중요 요소인 충성심과 복종심이 몸에 배어 있다.

하지만 외국계 기업에서는 이런 부분보다 개개인의 개성과 독창성을 더 존중하기 때문에 남성보다는 여성에게 더 맞다. 게다가 외국어에 능통한 인재가 남성보다 여성이 더 많은데 이것은 남성은 사건과 상황을 분석하고 사고하는 능력이 뛰어나지만, 여성은 소통과 이미지 전달에 더 능통하기 때문이다.

또한, 여성의 경우 직장생활과 가정생활을 병행해야 하는 경우가 많은데 외국계 기업은 이런 것을 상당 부분 인정해주고 해소해준다. 자신의 업무에 대한 책임만 질 수 있다면 시간을 자유롭게 쓸 수 있는 곳도 있으며, 다양한 복지도 국내기업과 달리 눈치 보지 않고 자유롭게 쓸 수 있다. 이외에도 국내기업에 비해 성차별도 적어 여성도 자신의 능력을 충분히 인정받을 수 있다.

그렇다고 해서 외국계 기업을 여성만이 노려볼 수 있는 것은 아니다. 남성도 충분히 도전할 수 있으며, 도전해볼 만하다. 기회는 누구에게나 공평하게 주어져 있으니 말이다. 단지, 남성의 경우에는 외국계 기업을 목표로 둘 때는 조직에 대한 기대를 버리는 것이 좋다. 들어가서 배우려는 생각보다 자신의 능력으로 승부를 걸어야 한다는 것을 명심하자. 그리고 국내 기업보다 여성의 비율이 높다는 점을 감안하여 여성에 대한 편견이나 여성 상사를 대하는 태도를 미리 점검하고 대비해두는 것이 바람직하다.

하지만 여성의 비율이 높기 때문에 남성이 외국계 기업에 입사하려할 때 갖게 되는 프리미엄도 있다. 외부 활동이 잦은 업무에서는 남성 직원을 선호하는 편이고, 일정 수준의 남성 직원은 필요하기 때문에 채용 시 남성에게 유리하게 적용되는 경우가 있다.

남성이 여성보다 외국어 실력이 뒤처지는 건 비단 한국만의 얘기가 아니다. 일본, 중국, 대만 등에서도 남성의 외국어 실력이 뒤처지는데 그럼에도 남성 직원을 일정 수준 채용하는 것은 기업 내에 남성이 맡아

쥐야 할 업무가 있기 때문이다.

이 때문에 남성을 채용할 경우에 자격 요건에서 '영어 능통'을 빼버리는 일도 있다. 남성의 경우 영어 실력이 부족하더라도 외국계 기업에 꼭 도전해보기 바란다. 부족한 영어 실력은 입사 후에 차차 채워나가도 되니 말이다.

외국계 기업이 국내기업에 비해 좋은 점도 많지만, 그만큼 험난하다는 것도 알아야 한다. 국내 기업은 조직체계 탓에 고속 승진이나 고액 연봉을 기대하기는 어렵지만, 그만큼 신입사원에게 많은 책임감과 성과를 기대하지 않는다.

하지만 외국계 기업은 신입사원이라 할지라도 성과를 바란다. 수동적인 것보다 자발적이고 창의적인 성과를 원하며 그에 따른 실적을 내길 요구한다. 신입이든 팀장이든 성과에 대한 보상도 후하지만, 반대로 평가 역시 냉정하다. 즉 능력이 있으면 그만큼의 대우를 해주지만, 능력이 없다고 평가되면 바로 내쳐진다는 소리이다.

그렇기에 국내 기업보다 오히려 정신적인 스트레스는 더 많이 받을 수 있다. 잔업을 강요하지는 않지만 스스로 잔업을 할 정도로 자신의 능력을 보여주어야만 살아남을 수 있다.

모든 일에는 긍정적인 측면과 부정적인 측면이 있다. 모든 사람에게는 장점과 단점이 있다. 회사도 마찬가지다. 국내기업에도 장단점이 있고, 외국계 기업에도 장단점은 있다. 꼭 국내 기업보다 외국계 기업이 더 좋으니 외국계 기업을 노리라는 말은 결코 아니다.

단지, 외국어가 출중하지 않더라도 외국계 기업에 취직될 기회는 있으니 선택지에서 외국계 기업을 아예 배제하지 말라는 것이다. 다양한 선택지에서 자신이 진정 원하는 목표를 찾고, 그 목표에 맞게 준비해 나간다면 좋은 결과를 이끌어낼 수 있을 테니 말이다.

당신이란 인재가 능력을 펼칠 무대를 국내 기업으로 한정 지어 생각하지 마라. 생각지도 못한 곳이 어쩌면 당신이 진정 능력을 펼칠 무대가 될지도 모르는 일이다. 어딘가 누군가의 말처럼 목표는 높게 잡는 것이 좋다.

취업준비생이 꼭 읽어보아야 할 책

담담한 위로와 공감, 가슴 따뜻한 응원을 전하는 책

| 세상은 이 시대의 청춘들에게 늘 치열하게 살아갈 것을 요구한다. 꿈꾸는 것마저 사치로 여겨지는 냉정한 현실을 살아가는 청춘들은 부서지고 깎이며 스스로를 단련해 가고 있다. 하지만 '열정페이'나 '청년실업' 같은 차가운 단어들 앞에서 상처 입는 일이 다반사이다. 이런 젊음에게 때로는 따뜻한 위로가 필요하지 않을까. 비단 당신의 청춘만이 고된 것은 아니었음을, 젊기에 흔들리는 것이 당연하며 꿈은 꿀 가치가 있고 노력은 보답 받는다고 말하는 명저들을 통해 따뜻한 공감과 위로를 전한다.

1. 《호밀밭의 파수꾼》- J.D. 샐린저

부유한 집안의 둘째 아들로 명문 사립학교에서 적응하지 못하고 퇴학당한 열여섯

살의 홀든 콜필드가 뉴욕의 거리를 헤매며 허위와 위선으로 가득 찬 세상에 눈떠가는 과정을 사실적으로 묘사한 대표적인 청춘 문학이다. 신뢰할 수 없는 기성세대에 절망한 채 정신적으로 방황하던 끝에, 결국 콜필드는 여동생 피비가 보여준 어린아이의 순수성에서 희망을 발견한다.

2. 《청춘예찬 》- 민태원

인생의 황금기와도 같은 청춘의 생동감을 드러낸 수필 '청춘예찬'은 청춘의 정열과 이상에 대한 찬미를 담고 있다. 이성과 지혜보다도 값진 젊은이의 정열, 삶의 방향을 선택하는 기준으로서의 이상에 대해 서정적이지만 화려한 문체, 감탄 어린 어조로 이야기함으로써 청춘의 뜨거운 이미지를 전한다. 건강한 젊음, 힘찬 약동을 당부하는 이 수필은 현대의 지친 청춘들에게 다시 일어서 나아갈 힘을 전해줄 것이다.

3. 《데미안》- 헤르만 헤세

'알은 세계다. 대어나려는 자는 하나의 세계를 깨뜨려야 한다'는 문구로도 유명한 이 책은 소년 싱클레어가 데미안을 만나 어두운 무의식의 세계와 자신의 내면을 인식하게 되면서, 어른이 되기 위해 보이지 않는 껍데기를 깨고 현실로 나서는 과정을 그려냈다. 1차 세계대전 중 많은 독일 젊은이들의 곁을 지켜온 이래 청소년기에서 청년기로의 전환기를 맞은 이들에게 일종의 통과의례처럼 읽히는 명작이다.

4. 《상실의 시대》- 무라카미 하루키

여러 형태의 삼각관계가 얽히고 뒤섞인 청춘의 로맨스를 주요 골자로 하지만, 보다

깊이 들여다보면 죽음과 자살, 이별, 꿈과 이념, 사랑, 우정 등 젊은 날에 유난히 진하게 다가오는 감정과 일련의 사건들, 그리고 그 사이에 공통적으로 존재하는 '젊은 시절의 막막한 심정과 상실감'을 보여주는 하루키의 대표작이다. 불안하고 외로운 젊음의 날 선 감정과 사유를 사실적으로 풀어냈다는 평과 함께 국내에서도 하루키 붐을 일으켰던 작품이기도 하다.

5. 《분리된 평화》- 존 놀스

2차 세계대전 시기를 배경으로 기숙학교의 소년들 간에 벌어지는 치열한 전쟁과 적의를 그린 이 책은 국내에는 잘 알려지지 않았지만 영미소설계에서 《호밀밭의 파수꾼》만큼 인정받는 명저로 손꼽힌다. 자신의 존재를 증명하기 위해 어쩔 수 없이 경쟁 속에 살아가는 우리네 청년들을 꼭 닮은 소년들의 모습은, 적대감이 몰고 오는 비극적 결말과 도덕적 배려심과 인간미의 필요성을 다시금 깨닫게 한다.

6. 《죽은 시인의 사회》- N.H.클라인바움

명문대 진학과 출세만을 삶의 질을 결정하는 가치로 삼는 명문 고등학교에서 획일화된 교육만을 받아온 학생들이 진정한 교사인 존 키팅을 통해 '강요받는 미래'가 아닌 '스스로의 미래'를 꿈꾸게 되는 이야기를 그린 성장소설이다. 주체적이고 독립적인 삶, 사회가 강요하는 목표가 아닌 자신의 꿈과 가치를 기준으로 세운 목표를 통해 나아가는 삶의 중요성을 역설하는 이 소설은 꿈꾸는 청춘들을 응원할 것이다.

7. 《스무 살에 알았더라면 좋았을 것들》- 티나 실리그

미국 스탠퍼드대학의 학생들 사이에서 성공적인 미래를 설계하기 위한 강의로 이름난 '기업가 정신과 혁신'의 내용을 정리한 책이다. 혁신적이고 창의적인 방식으로 주어진 문제를 해결해나가며 자신만의 행복과 성공을 일궈내는 학생들의 실제 사례를 토대로, 앞으로의 인생을 보다 행복하고 자신 있게 살아갈 방법을 찾도록 독려한다.

8. 《젊은 날의 초상》- 이문열

'하구', '우리 기쁜 젊은 날' '그 해 겨울'로 이어지는 3부작의 중편소설을 엮은 이 책은 우리 시대의 격동을 젊음의 격정을 통해 녹여낸 작품이다. 주인공이 젊은 시절 겪어내는 고뇌와 고통, 방황을 통해 새로운 지적 세계와 자신의 참된 모습을 찾아가는 여정을 묘사함으로써, 당장 닥쳐온 고된 현실에 좌절하기보다는 그 경험을 밑거름으로 진짜 자신을 찾을 수 있는 발판으로 삼을 수 있음을 깨닫게 한다.

9. 《갈매기의 꿈》- 리처드 바크

쉽게 구할 수 있는 현실의 먹이에 안주하는 대신, 타인의 시선에 얽매이지 않고 자신만의 꿈을 찾아 노력하고 이루어내는 갈매기 조나단의 이야기를 그린 소설이다. '뼈와 깃털만 남아도', '다른 갈매기들처럼 되지 않아도' 꿈을 향해 나아가는 조나단의 모습은 차마 꿈꾸지 못했던 청춘들에게 뜨거운 위로와 용기를 전한다.

10. 《수레바퀴 아래서》- 헤르만 헤세

가족의 기대에 눌려 자신이 원하는 인생을 선택하지 못하고 점점 스스로를 잃어가는 소년의 이야기는 사실 대문호 헤르만 헤세의 자전적 소설이기도 하다. 타인의 기대와 선택에 의해 자신의 행복을 찾지 못하고 남을 위한 삶을 살아가는 이 시대의 젊은이들에게 진정한 삶의 기준과 가치를 다시금 고민해볼 계기를 마련해주는 책.

성공으로 향하는 지름길, 자기계발서

| 자기계발이란 무엇일까? '계발'이란 슬기나 재능, 사상 따위를 일깨워 주는 행위를 뜻한다. 자신의 재능과 사상을 일깨우기 위해 우리는 무엇을 해야 할까? 훌륭한 멘토와 대화를 나누면서 자신이 몰랐던 재능을 발견할 수도 있지만, 우리 모두가 그런 기회를 얻는 것은 아니다. 하지만 자기계발서를 읽는다면 그들을 만나지 않고서도 이 같은 기회를 거머쥘 수 있다. 국내에서 최근 몇 년간 사랑받고 있는 자기계발서 스테디셀러 중에서 열 편을 골라 소개한다. 자신만의 멘토를 만나 자기계발에 성공해 보자.

1. 《나는 까칠하게 살기로 했다》- 양창순

인간관계에 대한 고민이 있거나, 과거의 상처에서 헤어 나오지 못하는 사람에게 추천하는 책이다. 정신과 전문의이자 대인관계 전문가인 양창순 박사가 자신의 자존감을 지키면서도 타인과 더불어 마음을 움직이는 방법을 다양한 임상 사례와 심리학 이론을 통해 재미있게 풀어냈다. 작가에 따르면 우리에게는 '건강한 까칠함'이 필요하다. 자신과 상대의 본심을 파악할 수 있는 심리적 방법과 상처받았던 마음을 치유하는 방법, 상대의 진심을 움직이는 관계의 법칙을 일상에서 바로 적용할 수 있도록 제시하고 있다.

2. 《내가 알고 있는 걸 당신도 알게 된다면》- 칼 필레머

저자 칼 필레머 교수는 미국 코넬대학교에 몸담은 세계적인 사회학자이자 인간생태학 분야의 최고 권위자이다. 당신은 훌륭한 삶을 살고 있다고 느끼는가? 삶의 가치란 무엇일까? 이 의문에 답하기 위해 코넬대학교 인류 유산 프로젝트가 시작되었고, 연구의 결실이 바로 이 저서로 집필됐다. 공상적인 조언이 아니라 세상을 살아가는 현실적인 조언과 지혜의 보고, 바로 우리 이웃에 사는 '현자들'에게 조언을 구해 그 방법을 소개했다. 책을 읽고 나서 '지금껏 살면서 얻은 가장 소중한 것이 무엇이었는가'에 대한 답변을 얻기 바란다.

3. 《어떻게 원하는 것을 얻는가?》- 스튜어트 다이아몬드

원하는 것을 얻기 위해서는 협상이 필요하다. MBA 와튼스쿨에서 협상 코스를 강의하는 스튜어트 다이아몬드 교수의 13년 연속 최고의 인기 강의를 저서에 담아냈다. 저자는 일반적인 통념을 뒤엎는 창의적인 문제 해결 방법을 통해 원하는 것을 얻는 도전적인 방법론을 소개한다. 가령 '가격 흥정의 비밀', '회사에서 인정받는 사람들의 비밀'과 같이 대중은 알지만 막상 어려운 문제에 현실적인 조언을 준다. 저자는 12가지 협상 전략과 협상 모델을 제시했으며 독자는 자신에게 필요한 항목을 찾아 실생활에서 활용할 수 있다.

4. 《꿈꾸는 다락방》- 이지성

하루에 12시간을 일하지만 왜 나는 부자가 아닐까? 노는 것처럼 보이는 사람이 왜 저렇게 성공했을까? 성공은 과연 우연일까? 저자에 따르면 두 사람의 차이는 생생하게 꿈을 꾸는 것에서 비롯된다고 한다. 단지 막연한 꿈을 꾸는 것이 아니라 무언가를 생생하게 꿈꾸면 언젠가는 정말로 이루어진다는 말이다. 초등학교 교사이자 작가로 활발하게 활동하고 있는 저자 이지성은 독자에게 선생님이 되어 Realization=Vivid Dream이라는 공식을 어떻게 풀어갈지 전수한다. 선생님의 말을 잘 따르면 당신의 생생한 꿈은 곧 현실이 될 것이다.

5. 《습관의 힘》- 찰스 두히그

당신은 바꾸고 싶은 습관이 있는가? 밥을 빨리 먹는 습관에서부터 마지막에 가서 포기하는 습관까지, 우리에게는 행복을 방해하는 다양한 습관이 존재한다. 이 책은 뉴욕타임스 심층보도 전문 기자 찰스 두히그가 자신의 나쁜 습관을 고쳐나가며 쌓아온 습관 바꾸기 노하우를 담고 있다. 작가에 따르면 습관은 개인적인 삶을 넘어 조직, 기업, 사회에 지대적인 영향을 끼친다고 말한다. 수신제가치국평천하修身齊家治國平天下라고 했으니 먼저 개인부터 변화해야 한다. 책에서는 좋은 습관을 갖기 위한 4단계 법칙을 소개한다. '반복 행동을 찾아라', '다양한 보상으로 실험해 보라', '신호를 찾아라', '계획을 찾아라'가 바로 그것이다.

6. 《The One Thing》- 제이 파파산

저자 제이 파파산은 사무실 한 칸에서 출발하여 지금은 전 세계에서 두 번째로 큰 투자개발 회사의 공동창립자이다. 그가 말하는 성공은 멀티태스킹에 능하기보다 하나를 뛰어나게 잘하는 것이다. 작가가 사업 트레이너의 다양한 경력을 쌓으며 깨우친 성공의 비결은 여러 가지 전략을 모색하는 것보다 자신의 인생에서 가장 중요한 '하나의 것One Thing'을 찾아 그것에 집중하는 것이었다. 성공하기 위한 수천 가지 법칙은 버려라. 자신이 잘할 수 있는 핵심적인 일을 최적의 시간에 할 수 있는 습관을 만드는 지침을 소개한다. 집중해서 배워보자.

7.《1만 시간의 법칙》- 이상훈

하나의 일을 1만 시간 동안 하게 되면 어떻게 될까. 김연아, 스티브 잡스는 과연 재능만으로 정상에 오른 것일까? 책은 성공한 사람들의 사례를 소개하고 그들의 성공 법칙과 전략을 낱낱이 파헤친다. 서울대학교에서 독어독문학을 전공한 저자 이상훈은 성공한 이들이 한 가지 일을 1만 시간 넘게 했다는 점에 주목하였다. 그러나 책에서 강조하는 것은 1만 시간의 일을 해도 성공하지 못하는 사람이 있다는 것이다. 즉 성실한 노력에도 전략이 필요하다는 것이다. 성공을 위한 따끔한 조언을 전하니 최근 자신의 노력이 느슨해졌다고 느끼는 사람이라면 한 번쯤 읽어보자.

8.《삶은 속도가 아니라 방향이다》- 수영, 전성민

쉼 없이 달리고 있지만 무언가 잘못되고 있다는 느낌을 받은 적이 있을 것이다. 앞뒤 안 재고 노력한다고 해서 자신이 진정으로 원하는 행복을 찾을 수 있는 것은 아니다. 저자 수영, 전성민은 삶에서 중요한 것은 속도가 아니라 방향이라고 말한다. 자기 삶의 방향이 분명하게 제시되면 안정적이고 계획적으로 삶을 꾸려나갈 수 있기 때문이다. 저자는 ≪울지 마 톤즈≫의 주인공 고 이태석 신부, 선천성 장애를 극복한 '구족화가' 앨리슨 래퍼의 사례를 통해 삶의 방향을 찾는 방법을 이야기한다. 책을 읽고 자신의 삶의 방향을 정립해 볼 수 있을 것이다. 진정한 목표를 향해 천천히 걸어가 보자.

9. ≪리딩으로 리드하라≫- 이지성

인문학의 태양은 지지 않는다. 카네기, 워런 버핏, 정주영, 이병철이 분야의 천재가 될 수 있었던 비결은 무엇일까?≪꿈꾸는 다락방≫의 저자이기도 한 이지성은 그 비밀이 모두 인문고전 독서에 있다고 말한다. 독서를 통해 얻은 지혜를 토대로 미래를 바꾸는 힘을 가질 수 있다고 말한다. 그는 저서를 통해 누구도 시도하지 않았던 차별화된 시각과 명쾌한 논리로 수천 년간 강대국과 지배계급만이 쉬쉬하며 이어온 성공의 비밀을 파헤쳐놓았다.

10. ≪카네기 인간관계론≫- 데일 카네기

인간경영이라는 말을 들어 봤는가? 내면의 자신을 갈고닦는 것도 중요하지만 외부로 보이는 자신을 성공적인 모습으로 확립하는 것 역시 중요하다. 책의 저자 데일 카네기는 동서양의 문화를 접목해 인간경영 분야에 기념비적인 업적을 남긴 인물로 평가받고 있다. 이 책은 각 나라의 언어로 번역되어 인간경영의 최고 바이블로 통한다. 이 책에서 저자가 제시하는 성공적인 인간경영 리더십은 다음의 4단계와 같다. 1단계 우호적인 사람이 되라. 2단계 열렬한 협력을 얻어내라. 3단계 리더가 되라. 4단계 감동-커뮤니케이션 능력이 뛰어난 사람이 되라. 이처럼 4단계로 구성된 인간경영 방법론을 따라가다 보면 자신도 모르는 사이 인간경영인이 되어 있을 것이다.

인생의 정답이 책에 쓰여 있는 것은 아니다. 하지만 책은 생각하게 하고, 그 생각은 성장으로 이어진다. 책을 많이 읽은 사람은 읽지 아니한 사람보다 같은 시간이지만, 더 많은 시간을 살아가게 된다. 책 한 권, 한 권에는 책을 쓴 이의 삶의 시간이, 시간의 지혜가 담겨 있기 때문이다.

가능한 한 책을 많이 읽자. 읽는 만큼 보이고, 읽는 만큼 말할 수 있게 되며, 읽는 만큼 생각하게 된다. 당신이 읽는 책 한 권은 마음의 영양제가 되어 준다.

당신은 결국 승리한다

모든 나비는 아름다운 나비가 되기 위해 고통의 시간을 보낸다. 애벌레의 모습을 지나 고치라는 틀에 갇혀 견디고 그 고치를 뚫고 나와야만 아름다운 나비가 될 수 있다. 그 과정을 거치지 않고서는 결코 나비가 될 수 없다.

우리도 나비가 되기 위해서는 그러한 시간을 반드시 보내야 한다. 당신에게 주어진 삶에 일어나는 사건과 환경, 아니 삶 자체가 당신을 나비가 되도록 이끄는 시간이 되어줄 것이다. 지금 취준생으로 보내는 시간 역시 그렇다.

따뜻한 햇볕 속에서만 지낸다면 그 햇볕이 따뜻하다는 생각보다 덥다는 생각에 햇볕을 귀찮아하게 된다. 하지만 추운 동굴 속에서 지내다가 햇볕 아래로 나오면 이 햇볕이 얼마나 따뜻하고 소중한 것인지 깨닫게 된다. 지금 당신이 보내는 시간 역시 그런 깨달음을 위한 시간이다.

모든 경험을 소중한 선물로 여겼던 사람이 있다. 이런 에이겐은 사랑의 선교회에서 테레사 수녀와 30여 년간을 함께 해왔다. 그녀는 자신의 책 속에서 테레사 수녀가 삶을 어떻게 바라보고 대하는지 적어왔다.

하루는 미사를 마치고 테레사 수녀님과 함께 인간 세상의 많은 고난과 좌절에 대해 이야기를 나누고 있었습니다. 그녀는 이렇게 말했죠.

"사실, 세상의 어려운 고난들이 언제 줄어든 적이 있었습니까? 그저 우리가 그것을 하느님이 주신 선물이라고 여긴다면 우리의 삶은 지금보다 훨씬 더 즐거워질 것입니다."

얼마 후 저는 테레사 수녀님과 뉴욕에 가기 위해 비행기를 타게 되었습니다. 하지만 무슨 문제인지 비행기가 이륙 직전에 고장이 나면서 멈추고 말았습니다. 저는 너무 실망스러웠지만 테레사 수녀님이 하셨던 말씀을 떠올리고는 이렇게 말했습니다.

"수녀님, 오늘 우리는 작은 선물을 받았네요. 아무래도 이곳에서 네 시간은 기다려야 할 것 같은데, 제시간에 도착할 수 없겠죠."

테레사 수녀님은 미소를 지으며 나를 바라보셨습니다. 그러고는 편안하게 자리에 앉아 책을 꺼내어 읽기 시작했습니다. 그날 이후로 저는 삶 속에서 좌절하게 될 때마다 이렇게 표현하게 되었습니다.

"오늘 우리는 또 선물을 하나 받았군요."

"음 이건 정말 특별한 선물이네요."

그런데 신기한 건 이런 말들을 할 때마다 생각지도 못한 효과가 생겨났다는 것입니다. 지친 마음을 밝게 해주고, 알 수 없는 번뇌도 사라지게 해주었죠. 사람들의 얼굴에 미소가 떠오르기도 했습니다. 뜻밖의 선물을 받게 된 사람은 행복해질 뿐 기분 나빠질 리는 없겠죠.

세상에는 언제나 생각지도 못한 일들이 생겨납니다. 그럴 때마다 이 모든 일을 '선물'로 여길지 불행으로 여길지는 자신의 몫입니다. 하지만 선물로 여기는 사람에게는 선물 같은 일들이 불행으로 여기는 사람에게는 불행한 일들이 생겨나는 것은 분명합니다.

같은 시간 같은 것을 겪어도 누군가는 선물로, 누군가는 불행으로 여길 수 있다. 그것을 정하는 것은 자신이다. 자신의 삶에 선물로 가득 채울지, 불행으로 가득 채울지를 정하는 것은 자신밖에 없다.

"위내함을 길밍하라.
우리는 인생이라는, 모험에 찬 여행을 단 한 번밖에 할 수 없지만,
올바로 산다면 그 한 번으로도 족하다."

—J. 워렌 매클루어

자신의 삶이라는 배의 키를 잡는 것은 언제나 자신이다. 그 배의 선

장은 무슨 일이 있어도 자신이어야 한다. 배를 타면서 폭풍우를 만나고 큰 파도를 만나도 어떻게 판단하고 배를 어디로 돌릴지를 판단하는 것은 언제나 선장이다. 바로 자신이란 것이다. 그 배에 어떤 사람들을 태워 함께할지 어디를 향해 나아갈 것인지 얼마나 많은 행복을 실을지 모든 것의 결정은 자신이 한다. 심지어 항해를 멈출 것인지 어디서 세울 것인지도 말이다. 저마다 주어진 자신의 삶 속에서 무엇을 찾고 무엇을 이룰 것인지는 각자의 몫이다. 지금 취업을 꿈꾸는 시간 속에서 무엇을 찾고 무엇을 이루어갈 것인지를 정하는 것도 바로 당신의 몫이다.

기회는 절망의 가면을 쓰고 다가오는 희망과도 같다. 해가 뜨기 전이 가장 어둡듯 실패 뒤에는 언제나 기회가 숨어 있다. 취업에 실패했다면 그것에 실망하고 주저앉아 있을 것이 아니라 그 안에 숨어 있는 기회를 찾아야 한다.

기회는 명찰이 없다. 대놓고 기회라는 명찰을 달고 다가오지 않는다. 그렇기에 같은 상황에도 누군가는 기회임을 알아보지만, 누군가는 그러질 못한다. 결국 성공하는 사람은 그 기회를 알아보고 놓치지 않는 사람의 몫인 것이다. 기회를 알아보는 일은 그리 어려운 일이 아니다. 그저 자신에게 일어나는 모든 일이 기회일 수 있다고 생각하며 가능성을 열어두면 되는 것이다.

성공한 모든 사람이 일관되게 보인 모습은 어떤 일에도 절대 포기하지 않는다는 것이다. 그들은 자신이 원했던 결과가 나오지 않더라도, 몇 번을 실패하게 되더라도 결코 포기하지 않았다. 몇 번의 실패에도 포기하지 않기 위해서는 실패를 실패로만 받아들이지 않고, 실패 뒤에 숨어 있는 기회를 보았다. 언제까지일지 모를 실패에도 불구하고 끝내 성공해낸 그들은 실패 뒤에 숨어 있는 기회를 보면서 좌절하지 않고 계속해서 도전해 나간 것이다.

세상에 실패라고 단정 지어진 일은 아무것도 없다. 단지 실패라고 여기는 일만이 있을 뿐이다. 이제 취업에 실패했던 눈을 감고, 실패 속에 숨은 기회를 보는 눈을 키워야 한다. 그리고 그 눈이 분명 당신에게 화려한 결과를 가져다줄 것이다. 볼 수 있다면 가질 수 있다. 볼 수 있다면 이룰 수 있다. 그 어떤 것도 말이다.

"당신이 외부의 어떤 것 때문에 고통받고 있다면, 그 고통은 그것에서 비롯되는 것이 아니라 그것에 대한 당신의 생각 때문이다. 그러므로 당신은 언제라도 그것을 없앨 수 있다."

—마르쿠스 아우렐리우스

삶은 즐거운 것이다. 행복한 것이다. 당신의 삶도 그러하다. 꿈을 꾸고 이루는 것은 가슴 벅찬 일이며 사랑하는 것은 즐거운 일이다. 당신의 삶을 이러한 것들로 가득 채워라. 당신의 꿈은 이루어진다. 당신이 꿈꾸는 모든 것은 이루어진다. 당신이 그리하겠다고 마음먹는다면 말이다.

세상에 주어진 모든 것은 당신을 위한 것이다. 행복한 꿈을 꾸어라. 결국, 당신은 승리할 것이기에. 언제나 당신의 꿈을 응원한다.

나는 오늘
취업한다

초판 1쇄 인쇄　2016년 10월 05일
초판 1쇄 발행　2016년 10월 10일

지은이　임형식 · 서상우

펴낸이　김왕기
마케팅　임성구
디자인　푸른영토 디자인실

펴낸곳　**푸른영토**
　　　　주소　　　경기도 고양시 일산동구 장항동 865 코오롱레이크폴리스1차 A동 908호
　　　　전화　　　(대표)031-925-2327, 070-7477-0386~9 · 팩스 | 031-925-2328
　　　　등록번호　제2005-24호.(2005년 4월 15일)
　　　　전자우편　designkwk@me.com

ISBN 978-89-97348-56-5　03810
ⓒ 임형식 · 서상우, 2016